KB134469

그렇게
중년이
된다

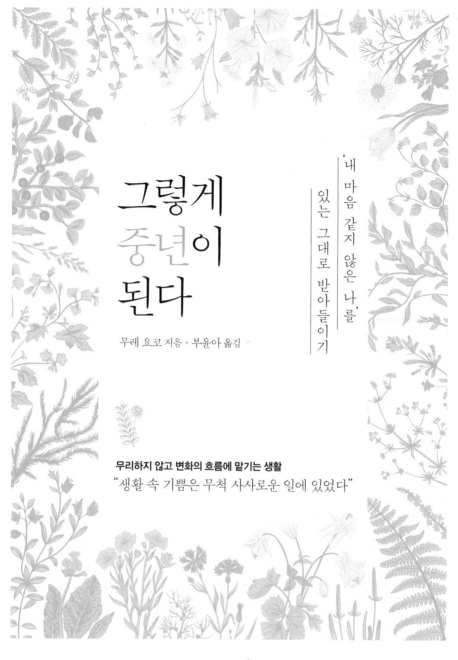

'내 마음 같지 않은 나'를
있는 그대로 받아들이기

그렇게
중년이
된다

무레 요코 지음 · 부윤아 옮김

무리하지 않고 변화의 흐름에 맡기는 생활
"생활 속 기쁨은 무척 사사로운 일에 있었다"

탐나는책

무리하지도 않고, 참지도 않는다.
내가 이 나이가 되어 처음 터득한 것은

스스로를 조금 풀어주고,
그리고 아껴주는 일이었다.

차 례

불과 얼마 전까지 여러 해 동안 온라인 쇼핑몰
을 이용했다. 해외 온라인 직구에 열중했던 시기도 있었고, 정기
적으로 미네랄워터를 배달받았던 적도 있다. 하지만 앞으로는
꼭 필요한 물건이 아닌 한 자제하기로 했다. 온라인 쇼핑몰을 이
용하면 주문과 배송이 무척 편리하지만, 언젠가부터 뒷정리가
귀찮게 느껴지기 시작했기 때문이다. 대부분의 상품은 종이 상
자에 포장되어 오는데, 납작하게 펼치고 접은 상자 꾸러미를 끌
어안고서 엘리베이터를 타고 1층까지 내려가, 쓰레기 분리수거

장까지 옮기기가 여간 피곤한 일이 아닌 것이다. 한때는 상자를 거실에 방치해둔 채로 마치 가구처럼 상자 위에 물건을 올려 두기도 했다. 그러다 이건 좀 너무했나 싶어 반성한 후 그때그때 정리하게 되었다. 가장 양이 많던 시기에는 매일 크기가 제각각인 크고 작은 상자 서너 개가 배송되었다. 그렇게 일주일이 지나면 상당한 양이 쌓여 상자를 펼치고 모아서 끈으로 묶는 것만으로도 진이 빠졌다.

주문할 때는 뒷정리 따위 까맣게 잊어버리고는 "무거운 물건이나 부피가 큰 물건도 집에 가만 앉아서 받을 수 있다니 세상 편하네."라며 가벼운 마음으로 물건을 척척 산다. 그런데 집까지는 다른 누군가가 배달해주지만 집 안에 들여놓는 순간부터는 딱히 대신해줄 사람이 없으므로 스스로 정리할 수밖에 없다. 한꺼번에 책을 서른 권 구입하여 배송받았을 때도 그것을 정리하는 일은 내 몫이었다. 어렸을 때부터 집에는 내 책이 넘칠 만큼 많았는데, 그 책들을 이렇게 정리했다, 저렇게 정리했다 하는 일은 일종의 놀이였다. 회사에 다니던 시절, 집을 옮겨야 할 때면 옷장은 없는데 책을 잔뜩 넣은 상자가 몇십 개씩 쌓여 있어서 이삿짐센터 직원이 싫어하기도 했다. 몇천 권이나 되는 책을 포장하고, 새로 옮긴 집에서 상자를 풀고, 책을 책장에 다시 꽂는 일련의 행위가 나는 전혀 고생스럽지 않고 오히려 즐거웠다.

그랬는데 최근 들어 그 일이 터무니없이 힘들게 느껴지기 시작했다. 예전에는 두 팔 가득 한 아름은 되는 양의 단행본도 단숨에 들었는데 지금은 도저히 그렇게는 안 된다. 왕년에는 한 번에 옮길 수 있었던 양도 "어우, 무거워……."라며 두세 번에 나눠서 옮긴다. 서점에 가서 무심코 책을 많이 사기라도 하면 다음날 팔이 뻐근하다. 심할 때는 근육통이 생겨 컴퓨터 키보드를 두드릴 때 미묘하게 팔이 떨리기도 한다. 잘 생각해 보면 서른 권의 책을 한 번에 사야 할 이유가 없다. 그저 편리하다는 이유만으로 아무 생각 없이 한꺼번에 사는 것인데, 샀다고 해서 한 번에 서른 권을 읽을 수 있을 리 없다. 그러니 부담 없이 들 수 있는 만큼만 사면 집에 돌아와서도 피곤해지지 않는다. 장을 볼 때도 혼자 살고 있으니 대량으로 구입하지 않고 그때그때 필요한 것만 사오면 장바구니도 가벼워진다. 문득 이런 사실에 생각이 미쳤다.

어제는 일 년 동안 온라인 쇼핑몰에서 산 물품의 거래 명세서를 버리기 전에 들춰보다가 할 말을 잃었다.
그때그때 '이거 편리해보이네.' 싶은 물건을 샀을 뿐이라 구입 목록을 모아서 보기는 처음이었다. 거기에 적혀 있는 물건들은 돌려서 여는 뚜껑을 손쉽게 열 수 있게 도와주는 스위스제

도구, 독일제 독서용 루페, 도수가 +1.00인 프랑스제 돋보기, 벚나무 수제 효자손 등등 그야말로 온통 '중년 품목'이었다. 왕년에 해외 온라인 쇼핑몰 '빅토리아 시크릿'에서 무늬가 화려한 레이스 속옷을 샀던 때가 있었다고는 믿어지지 않는다. 어울리지 않게 독일제라든가 프랑스제라든가 벚나무 수제라는 부분도 묘한 집착이 보여서 고리타분하다.

"아아, 정말로 중년이 되었구나."

정말 그런가 싶어 일상 속 모습을 되돌아봤다. 젊었을 때는 슈퍼마켓에서 스탬프를 모으면 할인을 해주는 서비스도 "필요 없어요."라며 거절했다. 알뜰살뜰하게 모으는 사람을 보면 쪼잔하다고 비웃기까지 했다. 하지만 지금은 장바구니 특전 서비스 스탬프를 절대 잊어버리지 않고 받아서 열 개를 모으면 백 엔을 할인받는다. 구입 금액의 오백 엔마다 한 장씩 주는 스티커를 예순 장 모으면 천 엔을 할인받을 수 있다. 이쯤 되면 필사적으로 모은다. 구입 금액이 커서 열 장이 넘는 스티커를 띠지처럼 길쭉하게 줄줄이 붙은 상태로 받은 날에는 집에서 하나하나 스티커 적립 카드에 붙이며 "우와, 이렇게나 많이 모았어."라고 가슴이 떨릴 정도로 기뻐한다.

스티커를 받으면 "이런 거 뭐에다 써?"라며 바로 휴지통에 던져버리던 옛날의 내 모습이 스스로도 믿어지지 않는다. 할 수만 있다면 그때 버렸던 스티커들을 되찾아 오고 싶은 기분이다.

올해로 내 나이는 마흔아홉이다. 내년이면 경사스럽게도 쉰 살이 된다. 주변에 아이가 있다면 아이의 성장을 보면서 내 나이를 헤아려보곤 했겠지만, 대조의 대상이 되는 무언가가 내게는 없다. 고양이와 함께 살고 있지만, 고양이는 자란다고 두 다리로 걷게 되는 것도 아니고 초등학교에 입학할 일도 없다. 데리고 온 날로부터 손가락을 꼽아 보면서 "어머, 벌써 다섯 살이네."라며 놀라곤 한다. 그런 상황이다 보니 평소에 내 나이 따위는 완전히 깔끔하게 잊고 지낸다. 출퇴근을 한다면 주위에 있는 남녀 직장인들의 모습과 대조해보며 사회인이라는 자각을 매일 할지도 모르지만, 집에서 일하는 직업을 갖고 고양이와 함께 꾸물꾸물 지내는 신분으로는 솔직히 말해서 시간이 멈춘 것과 마찬가지다. 원고 마감일이 다가오면 '아, 벌써 한 달이 지났나.'라고 생각하고, 햇볕과 해가 기우는 시간으로 변해가는 계절을 느낀다. 날짜를 정확하게 인식하는 날은 마감일뿐이고 나머지 날들은 느긋하게 시간을 보낸다. 세상의 시간과 나의 체내 시계 사이에는 시차가 있다. 사회인보다는 학생의 기분에 가깝다. 하지만 학생의 기분이라는 것도 훌륭한 착각이다. 슈퍼마켓에서 주는 할인 행사용 스탬프나 스티커를 열심히 빠트리지 않고 모으

그렇게 중년이 된다

고, 중년을 위해 만든 편리한 도구가 필요해졌고, 체력과 근력이 떨어진 중년 여성이 되었기 때문이다.

연령을 따져보더라도 물론 갱년기 한가운데다. 한 달에 한 번 찾아오는 그날은 썰물 때 같은 느낌으로, 주기도 불안정해져서 느닷없이 '안녕' 인사하며 찾아와 '으아, 왜 하필 지금이래?' 하고 할 말을 잃게 만든다. 안구건조증에도 시달리고 있으며, 2년 전에는 원래부터 있었던 민감 피부 트러블이 지금까지와는 차원이 다르게 심해진 적도 있다. 예전부터 안정피로(眼睛疲勞)도 있어서 일하는 시간이 길어지면 눈이 피로해져 갑자기 눈물이 뚝뚝 떨어지기도 하고, 담배 연기가 날아오면 눈이 따갑다. 보존제를 넣지 않은 일회용 안약을 한 번만 넣으면 증상이 완화되어서 어름어름 순간순간을 모면하며 지내고 있다. 피부는 조금 안정되었지만 화학 염료로 염색한 옷이나 속옷을 입으면 종류에 따라 피부가 새빨개지면서 가렵다. 속옷의 솔기에 닿아도 트러블이 생기고, 무명으로 만든 파자마도 염료나 무언가 가공이 맞지 않은 것을 입으면 피부가 따끔거린다. 그러면 신경이 곤두서서 도저히 참을 수가 없다. 마음에 들었던 파자마도 어느 날부터 따끔거려서 무표백 더블 거즈 원단으로 만든 파자마로 바꿨더니 증상이 사라졌다. 평소 입는 티셔츠도 오가닉 코튼에 아조 염료를 사용하지 않은 것으로 바꿨더니 증상이 나타나지 않았다.

하지만 이런 제품은 안타깝게도 디자인도 색상도 그저 그런 물건이 많다. 피부에 좋지 않다는 립스틱 색이 아름답고 피부에 안전하다는 립스틱 색이 별로이거나, 보기에 예쁜 구두가 신었을 때 반드시 편하지만은 않은 것과 마찬가지다. 멋을 위해서는 참을 수 있다며 불편한 구두를 발에 굳은살이 생겨도 아랑곳하지 않고 신을 때도 있었지만, 이제는 더 이상 그런 짓은 절대로 못 한다. 기분이 좋지 않은 일은 무조건 피하고 싶은 마음이다. 이전에는 눈이나 피부에 어떤 문제가 생겨도 단순히 눈이 건조하고 피부가 따가운 증상일 뿐이라고 여기고 넘어갔는데, 이것도 갱년기 증상 중 하나라는 생각이 들기 시작했다.

내 증상은 이 정도에 그치지만, 주변의 이야기를 들어보면 증상이 심각하여 병원에서 치료를 받아야만 할 정도인 사람도 있다고 한다. 나보다 세 살 많은 친구에게는 예닐곱 해 전부터 일상생활에 지장을 줄 정도로 심각한 증상이 나타났다. 직접 운전해서 이동하고 싶어도 핸들을 잡을 수 없었다고 한다. 운전할 때 진땀이 흐르고, 특히 고속도로를 달릴 때면 손까지 떨릴 지경이었다. 자동차를 직접 운전하고 외출했다가 도중에 속이 안 좋아지는 바람에 친절해보이는 청년에게 부탁하여 가까운 주차장에 일단 주차하고 전철로 집에 돌아온 일도 있었다. 자동차 운전을 그만두어도 현기증 같은 증상이 나타났다. 병원에 가서 검사를 받아 봐도 아무런 이상을 찾을 수 없었다. 본인은 아니라고 하지만 곁에서 지켜본 바로는 성격이 공격적으로 변한 것처럼 보이기도 했다. 그러다 최근 들어서야 겨우 조금씩 나아지면서, 시내에서 가까운 거리라면 운전도 할 수 있게 되었다. 두 살 많은 또 다른 친구는 이전까지 그런 일이 없었는데 4년 정도 전부터 변비에 자주 시달리고 밤에 잠을 푹 자지 못한다고 한다. 느닷없이 땀이 확 솟구쳐 나오거나 갑자기 으슬으슬 오한이 들기도 한다. 의욕도 별로 없다고 했다. 하지만 두 사람 모두 조금씩 증상이 나아지고 있다. 이것도 하나의 산을 넘는 과정인지도 모르겠다. 아직 일상에 지장을 줄 만한 증상을 경험해보지 않은 나로서는 '이제나저제나' 하며 언제 겪을지 몰라 불안한 마음이다. 하지만 한편으로는 '이 정도 상태라면 어쩌면 생활에 지장을 줄 만큼 심한 증상은 나타나지 않을지도 몰라'라고 안심하는 구석도 있다. 그래도 앞으로 과연 어떻게 될지는 전혀 알 수 없다.

중년을 위한 도구를 나는 소중하게 사용한다. 그런 도구로 병뚜껑도 편하게 열고, 효자손으로 등을 긁으면 "하아, 시원해……."라고 얼빠진 소리가 날 만큼 기분이 좋다. 노안이 시작되면서 읽기 힘들었던 크기의 글자도 돋보기 덕분에 지금은 지나치다 싶을 정도로 잘 보인다. 흥분하며 책을 손에서 놓지 못하고 끊임없이 읽는 바람에 다음날 눈이 몹시 피로하고 뻑뻑해지는 어이없는 일도 저질렀지만. 아무튼 어떤 상황에서도 무리하고 싶어도 할 수 없게 되었다. 무리하지도 참지도 않고 편리한 도구를 사용하면서 생활 스타일을 바꿔간다. 귀찮아진 일은 하지 않는다. 무의미하게 참지 않는다. 내가 이 나이가 되어 처음 터득한 것은 스스로를 조금 풀어주고, 그리고 아껴주는 일이었다.

고
지
식
한 사
람
은

괴
로
워

자연식품점에서 쌀눈쌀과 잡곡을 사고 진열대를 살펴보고 있을 때였다. 엄청난 기세로 한 여성이 다가왔다. 나이는 나보다 서너 살 많아 보였는데, 그녀의 주위에서 '휘익' 하고 회오리바람 소리가 들려오지 않을까 싶을 정도였다. 그러고는 내 옆에 있는 젊은 여성 점원을 향해 "저, 저기요. 이거 사실이에요?"라며 진지한 얼굴로 손에 쥐고 있던 종이를 펼쳐보였다. 노골적으로 쳐다보기는 뭐해서 모른 체하며 흘끔흘끔 곁눈질로 살펴보았다. 그것은 석류주스에 갱년기 증상을 개선하는 효과가 있다고 알려진 사실에 의문을 제기한 기사였다. 나도 갱년기에 석류주스를 마시면 좋다는 이야기를 듣고 '갱년기 증상이 심해지면 마시는 게 좋을까?'라고 생각했었지만, 거기에 의문을 제기한 기사가 나왔을 때는 '흠, 그렇구나.' 하며 대수롭지 않게 넘어갔다. 하지만 이 여성은 이 기사의 진위를 진지하게 알고 싶은 모양인지 필사적인 표정으로 점원에게 바싹 다가갔다.

'그렇게 진지하게 물어본다고 해도 점원만 난처할 텐데.'

그런데 추궁당한 점원은 여성이 들이미는 종이를 잠시 보더니 바로 "이 기사는 거짓이에요!"라고 딱 잘라 말했다.

'뭐……?'

나와는 상관없는 일이긴 하지만 깜짝 놀랐다. 점원이 그렇게 쉽게 대답하리라고는 생각하지 않았기 때문이다.

상품을 파는 입장에서 본다면 갱년기 장애 증상을 개선하는 효과가 있다는 이야기는 홍보 문구가 될 테고, 그것에 반대하는 내용을 담은 기사가 나오면 판매에 타격을 입는다는 점은 이해한다. 하지만 그렇게 확실히 잘라 말해도 괜찮은 걸까? 국민연금 광고 속 에스미 마키코(江角マキコ: 일본 배우로 2003년에 일본 사회보험청의 CM 〈국민연금은 확실히 받을 수 있습니다〉 편에 출연하였다 - 옮긴이)처럼 "그렇게 확실히 잘라 말하는 당신이 책임질 겁니까?"라고 따지고 싶어졌다.

"그런가요……."

점원의 이야기를 들은 여성은 손에 들고 있던 기사를 뚫어지게 쳐다봤다. 여전히 불안한 모양이다. 그 모습을 보던 점원이 한 번 더 강하게 밀어 붙였다.

"믿어주세요. 다른 손님 중에도 석류주스를 마시고 상태가 좋아졌다는 분이 있으니까요."

그러자 여성은 석류주스의 효능을 믿는 쪽에 서기로 했는지 그 자리에서 한 병을 구입했다.

검증된 약도 먹어서 잘 듣는 사람과 듣지 않는 사람이 있듯이 민간요법 같은 것도 마찬가지다. 잘 맞는 사람은 마셨을 때 효과가 있고 그렇지 않은 사람은 효과가 없을 수 있는 법이라 모두에게 통하는 만능요법은 없다. 필사적으로 효능을 확인하고 싶어 하던 여성은 갱년기 증상에 시달리고 있는지도 모른다. 조금이라도 증상이 완화되었으면 하는 마음으로 필사적이 되었는지도 모른다. 몸 상태가 안 좋은 것은 정말로 안됐지만, 여성의 절박한 모습을 눈앞에서 보고 나니 '저런 성격이 갱년기 장애에 시달리게 되는 원인 중 하나가 아닐까?'라는 생각이 들었다.

주변에 있는 여성을 보면 갱년기 장애에 시달리는 사람은 하나같이 성격이 무척 고지식한 사람이 많다. 단순히 성실한 정도가 아니라 고지식하다. 흑백을 확실히 나누지 않으면 성에 차지 않고, 애매하거나 적당한 것을 허용하지 않는다. 타고난 성격 때문인지 '나의 사명은 완벽'이라고 여길 만큼 정말로 고지식하다. 그럼 사람을 보면 "그렇게까지 빡빡하게 살지 않아도 괜찮아요." 하고 어깨를 토닥여주고 싶어진다.

어머니께 "갱년기 때 어땠어요?"라고 물어본 적이 있는데, "모르는 사이에 사라지더라."라고 말씀하셨다. 어머니는 고지식과는 정반대인 덜렁거리는 성격이라 그렇지 않을까 예상은 했지만, 어머니처럼 좋아하는 일을 하고 좋아하는 것을 먹으며 태평히 '아하하' 웃고 지내다 보면 갱년기 장애는 겪지 않고 지나갈지도 모른다. 갱년기에는 누구나 정도의 차이는 있지만 몸 상태가 안 좋아진다. 하지만 전혀 그런 기색이 없는 사람이 있다. 늘 활발하고, 아니 오히려 지나치게 활발하여 '이 사람도 갱년기 장애를 겪고 있을까?'라는 생각이 들 정도다. 그렇게 지나치게 활발한 모습을 볼 때마다 '괜찮을까?'라고 오히려 걱정하게 된다.

활발함을 넘어서 기분이 과하게 들떠 있는 것도 내가 보기에는 일종의 갱년기 장애다. 과하게 들떠 있는 사람은 인간관계에서도 문제를 일으키곤 하는데, 본인은 문제를 그다지 인식하지 못하기 때문에 전형적인 갱년기 장애보다도 복잡하다. 당사자는 주변 분위기를 밝게 만들 의도로 항상 밝고 기운 넘치고 발랄한 모습으로 있는지 모르겠으나, 주변 사람들이 그 기운에 질려 실제로는 분위기가 우중충해지는 줄은 모른다. 그런 사람들은 만나서 기운을 얻었다는 이야기라도 들으면 점점 더 기분이 하늘을 치솟는 듯하다. 그렇지만 지치지 않고 잔뜩 들떠 있는 사람 옆에 계속 있으면 이쪽의 기가 빨리는 느낌이다. 지나치게 활발한 사람은 시끄럽고 솔직히 말해 무척 성가시다.

"조금만 조용히 해주실래요."라고 처음 보는 중년 여성에게 핀잔을 주고 싶었던 적도 여러 번 있었다.

그런데 어쩌면 이런 사람이 더 깊은 고민에 빠져 있는 건 아닐까. 울적한 기분을 드러내기보다는 덮어 숨겨버리려는 심리와 남에게 좋은 사람으로 보이고 싶은 심리가 뒤얽혀 상당히 복잡한 정신 상태로 내몰린 것은 아닐까 하고 상상해본다. 사람들 앞에 서면 자신의 밝고 활발한 성격을 어필하고 싶어 그렇게 행동하게 되는 것이다. 다른 사람이 실제로는 어떻게 느끼는지 파악하지 못한다는 점이 이런 사람의 가장 큰 문제점이다. 하지만 그들도 사람이다 보니 일단 뭔가 싫은 일이 일어나면 평소 기운이 넘치던 만큼 우울한 기분의 골도 깊다. 그렇게 감정의 기복이 상당히 크다. 물론 남들 앞에서는 그런 솔직한 모습은 눈곱만큼도 보여주지 않는다. 남들 앞에 있을 때는 '항상 밝고 건강해야만 한다'고 스스로를 단단하게 속박한다.

이런 사람을 보면 거참 시끄럽다며 질리기도 하지만 한편으로는 안됐다는 생각도 든다. 지나치게 남의 눈을 신경 쓰는 사람은 얼마나 괴로울까. 마찬가지로 고지식한 사람 중에는 남들에게 절대 약한 모습을 보여주지 않으려는 사람이 있다. 약한 모습을 보여주면 인생이 실패로 이어지기라도 할 듯이 어디를 찔려도 흠이 드러나지 않도록 완벽을 추구하며 약한 소리는 내뱉지 않는다. 누가 봐도 확실히 피곤해 보이는데도 "피곤한 거 아냐?"라고 물어보면 "아니요, 괜찮아요."라고 우긴다. 언뜻 드러나는 표정에 피로의 흔적이 보여 안쓰럽다. 피곤해 보인다는 말을 들었을 때 "그러게요. 요즘 너무 바빠서요."라고 말하지 못하는 성격. 분명 일을 하는 데는 긴장을 늦추지 않고 스스로에게 자극을 줘야 할 때도 많지만, 지나치게 완고해서 주변에 걱정을 끼치는 젊은 여성의 모습을 보면, '저 사람도 갱년기가 되면 힘들겠네.'라는 생각이 든다. 일도 잘 한다. 결혼도 했다. 패션도 유행에 뒤처지지 않는다. 취미도 즐긴다. 자신에게 조금이라도 마이너스 요소가 없도록, 남들에게 트집 잡힐 틈이 없도록, 주변 사람들의 험담을 봉쇄하기 위해 깐깐한 분위기를 풍기며 철벽 같은 수비로 장벽을 쌓는다. 느긋한 성격인 나는 그런 사람을 보면 "완벽한 것도 좋지만 조금 힘을 빼도 괜찮지 않을까?"라고 조용히 말해주고 싶다.

이런 나도 회사에 다니던 젊은 시절에는 모든 일에 완벽하기를 원했다. 일을 잘한다는 자부심도 있었고 완벽할 수 있다고 믿었다. 그런 생각을 하다 보니 다른 사람의 결점만 눈에 들어왔다. 자신에 대한 자신감의 형태가 비틀어져 어떻게든 상대를 낮춰볼 이유를 찾아내려고 했다. 다른 사람에게 직접 말하지는 않았지만 마음속으로 상대의 결점만 끄집어내어 왈가왈부했다. 함께 일하는 상대가 일을 잘하길 바라는 것은 당연하지만, 그 외에는 딱히 패션 센스가 별로라도 문제되지 않는다. 하지만 당시의 나는 상대에게 그런 센스가 없는 것을 들먹이며 '저것 좀 어떻게 안 될까?'라고 비판하곤 했다. 정말로 아니꼬운 성격이었다. 그러다 어느 순간 자신이 남의 결점만 찾으려 하는 속 좁은 사람임을 깨닫고 반성했다. 남을 그런 식으로 판단하는 만큼 자신의 목도 조르고 있다는 사실을 깨달은 것이다.

자신이 완벽하지 않음을 받아들이자. 하고 싶지 않은 일은 하고 싶지 않다고 말하고, 지쳤을 때는 "지쳤어."라고 말하고, 오늘따라 코디가 별로라고 스스로 느끼고 있던 참에 다른 사람에게 어딘가 이상하다는 소리를 들으면, "그러게. 오늘 좀 마음에 안 들어."라고 말하기로 했다. 그랬더니 마음이 무척 편안해졌다. 역시 모든 것에 적당함이 정신건강을 위해 좋다. 성실은 무척 중요하지만 고지식하면 조금 괴롭다. 남의 시선과 의견을 지나치게 신경 써서 거기에 맞춰 자신을 속박하면 정신적으로 숨이 막힌다. 무조건 남의 판단과 정보에 휘둘리지 말고 자신의 몸이 원하는 소리에 귀 기울여 본다. '여유롭게 하면 되지 뭐.' 이런 느낌으로 나는 느릿한 갱년기의 나날을 보내고 있다.

이제껏 내 몸은 5킬로그램 범위에서 살이 쪘다가 빠졌다가 해왔다. 군살이 빠지면 나름 기뻤고, 살이 쪘나 싶으면 의욕을 잃었다. 그런데 갱년기가 되자 체중이 늘거나 줄어드는 문제뿐만 아니라 전혀 다른 문제가 떠오르기 시작했다. 중년의 체형이 이렇게나 무너진다는 사실을 눈으로 직접 확인하고는 다시 한 번 놀랐다. 단어 그대로 '붕괴'라고 말해도 좋을 만큼 엄청난 상태였다.

젊었을 때 여성지에서 속옷 고르는 방법에 대한 특집 기사를 본 적이 있다. 거기에는 20대, 30대, 50대, 그 이상으로 나눠 각 연령별 여성의 체형 변화를 보여주는 일러스트가 실려 있었다. 젊은 사람의 체형은 균형이 잡혀 있고 아름답다. 하지만 연령대가 높아질수록 살이 점점 아래로 처진다. 젊은 시절의 팽팽함은 전부 사라지고 처지고 균형이 와르르 무너진 50대 이상의 일러스트에 그려진 신체 라인을 보고, '아, 목욕탕에서 이런 몸매의 아줌마랑 할머니를 본 적 있어.'라고 생각했다. 그런데 바로 내가 그런 몸이 되어 있었다.

30대 후반부터 서서히 살이 붙기 시작했을 때는 나름 충격을 받았지만 지금 생각해 보면 아직은 별것 아닌 단계였다. 살이 찌긴 했지만 그다지 처져 보이지는 않았기 때문이다. 그러던 것이 쉰 살을 눈앞에 두자 정말로 군살이 중력에 무방비해져 이렇게나 처질 일인가 싶을 정도로 처졌다. 체중이 늘었으니 그만큼 살이 늘어지는 것은 당연하지만 나는 어쩐지 무척 불합리한 일처럼 느껴졌다.

"조금만 더 힘을 내 볼 수는 없겠니? 이 근성도 없는 놈아."라고 군살에게 불평이라도 한마디 하고 싶어진다. 왕년에는 통통해져도 엉덩이는 제대로 있어야 할 자리에 있었다. 하지만 지금은 "말도 안 돼!"라고 외치고 싶어질 정도의 위치까지 내려갔다.

어떻게 이 사실을 알게 되었는가 하니, 최근 일 년 동안 일주일에 적어도 한 번은 기모노를 입을 일이 있었다. 그때 오비를 제대로 매었는지 확인하기 위해 뒷모습을 점검하다 엉덩이가 말도 안 되게 처졌다는 사실을 발견했다. 아마도 허리가 "어이." 하고 불러도 엉덩이는 절대 들리지 않을 게 분명하다. 그만큼이나 내 엉덩이는 허리에서 멀리 떨어진 위치까지 처져버렸다.

"하아……."

목욕을 하고 나와 내 모습을 보면 한숨이 나온다. 환하게 웃고 있는 미쉐린 타이어의 캐릭터처럼 보이기도 하고, 이렇게 생긴 요괴가 있었던 것 같은데 싶어서 생각해보니《게게게의 기타로(ゲゲゲの鬼太郎: 일본 요괴만화의 거장 미즈키 시게루(水木しげる)의 작품 - 옮긴이)》가 떠오르기도 했다. 젊었을 때는 가정용 체중계에 올라서서 "어머, 어떡해. 살 쪘어."라고 마음 졸이다가도 금세 궤도수정이 가능했다. 설령 2킬로그램이 늘었다 해도 식사를 조절하면 단기간에 되돌아왔다. 그런데 지금은 무슨 방법을 써도 돌아오지 않는다. 돌아오지 않는 정도가 아니라 먹는 양을 줄였는데도 살이 더 찌기도 한다. 나도 모르게 "하늘이시여, 제가 무슨 일을 저질렀나요?"라며 신을 원망했다. 이 문제는 더 이상 인간계가 아니라 이쪽에서는 어떻게 할 수 없는 영역으로부터 받는 벌이 아닌지 의심될 정도다. 젊은이들처럼 지나친 다이어

트는 불가능하고 그렇게까지 하고 싶지도 않기 때문에 적당히 건강을 유지하면서 체중을 줄이고 싶다. 나는 10킬로그램, 20킬로그램씩 체중을 줄이고 싶은 생각은 없다. 겨우 3킬로그램이다. 3킬로그램이라면 쌀 봉투 하나 정도의 무게이지만 이게 좀처럼 줄어들지 않는다.

"그 정도면 괜찮지 않아?"라는 이야기를 듣기도 하지만 한번 살이 찌기 시작하면 거기서 멈추지 않는다. 몸이 "아, 이제 살이 쪄도 상관없다는 거지?"라며 의기양양해지기 때문에 그렇게 되지 않도록 "살찌면 안 돼!"라고 못을 박아 자극을 줘야만 한다. 여기서 "뭐 어쩔 수 없지."라고 생각하며 느슨해지면 체중은 상승 곡선을 타게 된다. 살이 굉장히 쉽게 찌고 굉장히 빼기 힘들다. 이것이 갱년기의 나다.

한 NHK 정보 프로그램에서 힘든 운동과 식사 제한을 하지 않아도 되는 다이어트 방법을 소개했다. 그저 체중을 재기만 하면 되는 방법이었다. 나와 비슷한 나이대의 중년 여성과 남성들이 모니터 요원이었다. 그들은 100그램 단위로 작성하는 그래프를 만들어 아침저녁으로 두 번 체중을 재고 기록했다. 체중이 변하면 그 이유를 써넣을 비고란도 반드시 만들어두었다. 이렇게 한 달 했더니 대부분의 사람이 남녀 불문하고 1킬로그램에서

3킬로그램씩 살이 빠졌다. 반신반의하며 설명을 들어보니 이 방법은 병원에서 비만 외래 진료에 사용한다고 했다. 말하자면 살이 찌는 데는 그만한 이유가 있으므로, 그 이유를 본인이 인식하도록 확실하게 보여주는 것이 목적이었다. 그래프와 체중이 변화한 이유를 작성해 보면 신경 쓰지 않고 습관처럼 먹던 야식과 잠자기 전에 마신 맥주, 또는 무심코 입에 넣었던 많은 과자가 원인이라는 사실을 알게 된다. 친구 중에도 "별로 많이 먹지 않는데 살이 쪄."라고 말하던 친구가 있는데, 함께 있을 때 보면 확실히 식사 양은 적지만 간식을 많이 먹었다. 그것도 포테이토칩이라든가 스낵 과자를 먹는데 이런 것들은 무게가 가볍다 보니 많이 먹는다는 자각을 하지 못하는 듯했다. 이렇게 다른 사람의 모습은 잘 알지만 자신의 일은 모르는 법이다.

흔히 "어째서 살이 찌는지 모르겠어."라고 말하지만 살이 찌는 이유는 반드시 있다. 나는 운동을 하거나 식사를 제한해야 한다면 시도해보기가 망설여지겠지만 이 방법이라면 시작할 수 있을 것 같았다. 그래서 바로 집에 있던 모눈종이를 꺼내 그래프를 만들어 만반의 준비를 했다.

그 후로 매일 아침저녁으로 체중을 기록하는 날이 이어졌다. 처음에는 그다지 변화가 없었지만 일주일 지났을 무렵부터 서서히 체중이 줄기 시작했다. 특별히 운동한 것도 아닌데 체중계에 올라가 보면 줄어 있었다. 그러자 기쁜 마음에 의욕도 생겼다. 운동을 하지 않는데도 어떻게 체중이 줄었을까 생각해봤더니 아마도 식사 방법을 바꾼 덕분인 듯했다. 일단 시작했으니 좋은 결과를 얻고 싶어서 힘들게 느끼지 않을 범위에서 식사 방법을 고민했다. 원고를 쓰는 시기에는 어쩔 수 없이 달콤한 음식이 먹고 싶어지지만 많은 양을 먹지 않도록 자제하기로 정했다. 이전에는 아침, 점심, 저녁 순으로 식사량이 많아졌지만 이제부터는 점심과 저녁에 먹는 양을 반대로 하여 점심에 볼륨감 있는 식사를 하기로 했다. 밤에는 어차피 잠만 자니까 그렇게 많이 먹지 않아도 괜찮고, 점심이라면 다소 칼로리가 높은 음식이라도 부담 없이 먹을 수 있다.

회식도 가능한 한 점심에 하기로 했다. 저녁에 회식을 하면 나오는 음식량에 따라 무척 곤란할 때가 있다. 나는 음식을 남기는 것은 예의가 아니라고 여기기에 양이 많다고 생각하면서도 먹다 보면 나중에 어떻게 할 수가 없어진다. 하지만 점심이라면 다소 양이 많아도 저녁 식사 때 조절할 수 있기 때문에 꽤 부담이 줄어든다. 이런 방식으로 지내다 보니 기록을 시작한 지 20일이 지나자 2킬로그램이 줄었다. 점점 우하향 곡선을 그리는 그래프를 보면서 '이렇게 간단한 방법으로 체중이 줄다니'라며 기뻐했다. 체중이 줄어도 딱히 엉덩이가 위쪽으로 올라가주지는 않았지만, 그래도 군살은 빼고 싶었다. 갱년기인 나에게도 밝은 전망이 보이기 시작했다.

2킬로그램이 줄어든 상태가 지속되자 아침저녁으로 체중을 측정하면서 '1킬로그램만 더, 1킬로그램만 더'라고 주문을 외우듯 빌었다. 앞으로 어딘가에 데뷔할 것도 아니므로 그 체중만 유지된다면 나는 만족이었다. 그러던 어느 날 저녁 회식이 있었다. 중화요리를 먹게 되었는데, 2킬로그램을 줄인 나는 여유롭게 중화요리를 즐길 생각이었다. 요리가 맛있어서 배불리 먹었다. 다음날, 1킬로그램이 늘어 있었다. 하지만 아직은 여유가 있었다. 비고란에 '중화요리, 회식'이라고 써넣었다.

'괜찮아, 괜찮아. 이유를 확실히 알고 있으니까. 다시 바꾼 식생활을 유지하면 아무런 문제없어.'

그로부터 사흘 후에 점심 회식이 있었다. 이게 또 맛있어서 배불리 먹었지만 저녁에는 그다지 배가 고프지 않아 채소샐러드만 먹었다. 나름대로 머리를 써서 균형을 잡을 셈이었다.

그런데 다음날 아침, 체중계에 올라선 나는 내 눈을 의심했다. 무려 사흘 전보다 1킬로그램이 늘어났던 것이다. 20일 걸려 줄였던 2킬로그램이 겨우 회식 두 번으로, 그것도 나름 회식 후 식사에 신경을 썼는데도 도로 늘어났다. 절망했다. 20일 동안의 노력이 겨우 두 번의 식사로 물거품이 되다니 해도 너무하다……. 잠깐 동안 일어서지 못했다. 떨리는 손으로 '이탈리아 요리, 회식'이라고 비고란에 썼다. 그러고는 우하향이었던 꺾은 선 그래프가 성큼성큼 우상향을 그리는 것을 보기 힘들어서 점과 점을 잇자마자 "으악" 하고 소리 지르고 찢어 버렸다. 만주를 산더미로 쌓아놓고 먹어버릴까 하는 될 대로 되라는 심정도 들었지만, 거울에 비친 내 모습을 보고 마음을 정리했다. 쉽게 줄인 체중은 쉽게 돌아가게 되어 있다. 그렇게 달콤한 이야기는 이 세상에 없다. 원하는 결과를 얻으려면 역시 어느 정도 노력이 필요하다. 운동도 노력이고, 운동을 하지 않으려면 다른 노력을 해야만 한다. 체중 측정 다이어트 방법은 정신적으로 노력해야 하는 다이어트 법이었다.

사오일 동안 절망하던 나는 한동안 뒤틀렸던 마음을 고쳐먹고 새롭게 그래프를 만들어 다시 이 다이어트 방법을 따르기 시작했다. 그러자 이전으로 돌아간 체중에서 한 달 만에 1킬로그램이 줄었다. 원래 체중을 넘어서지는 않았지만 어쩐지 무척 긴 여정이었던 기분이 들었다. 마음이 느슨해지면 또 체중은 늘어나겠지.

'이 문제에 마침표를 찍을 날이 오기는 할까?'

그런데 몸을 둘러싼 문제는 목 아래쪽에서만 일어나는 것이 아니었다. 착실히 목 위쪽에도 인정사정없는 마왕의 손길이 다가오고 있었다.

아침에 잠에서 깨어났다. 침대에서 일어나 거실로 나오자 거기에 있는 거울에 무심코 눈길이 닿았다.

"응? 누구신지?"

바로 얼마 전에 일었던 일인데 그때 나는 등골이 오싹했다. 〈실제로 있었던 무서운 이야기〉라는 텔레비전 프로그램도 있지만, 내게는 이 일이 '실제로 일어난 무서운 일'이었다. 거울 속에는 등이 구부정하고 통통한 영감이 있었다. 통통한 아줌마라면 이해한다. 영감이 있었으니 화들짝 놀랐던 것이다. 유령이라도 나왔나 싶어 다시 한 번 눈을 비비고 자세히 보니, 거울에 비친 모습은 나와 똑같은 베이지색 파자마를 입은 영락없는 영감이었다.

기분 좋게 맞이해야 할 아침에 내 몸 주변에는 어떤 기운이 퍼지듯 '두둥'이라는 글자가 방사형으로 펼쳐졌다. 몇 번이고 '이럴 리가 없어. 이건 뭔가 잘못된 거야.'라며 아무리 고개를 저어 봐도 눈앞에 있는 것은 틀림없는 현실이었다.

젊었을 때는 노화란 완만한 우하향 그래프를 그리며 한 해, 한 해 서서히 조금씩 늙어가는 것이라고 생각했다. 하지만 실제로는 그렇지 않았다. 노화는 덜컥덜컥 계단식으로 덮쳐온다. 서서히 찾아와준다면 그다지 깜짝 놀랄 일은 없을 것이다.

'그러고 보니 주름이 좀…….' 이렇게 마음에도 여유가 생긴다. 그런데 계단식으로 덮쳐오면 어느 날 갑자기 노화를 직면하는 사태가 발생한다. 어제까지는 아줌마였는데 하룻밤 자고 일어났더니 영감이 된 자신을 발견한다.

'아침에 일어났을 때 벌레가 된 상황과 비교한다면 어느 쪽이 나을까?'하는 생각을 했다. 그날 아침의 충격을 떠올리면 그런대로 벌레 쪽이 나을 것 같은 생각이 들었다. 인간이 벌레가 되었다면 문학이 되지만, 아줌마가 영감이 되면 그것은 코미디다.

당사자는 울면서 웃을 수밖에 없다.

노화의 계단은 젊었을 때와 중년이 되었을 때 높낮이와 생김새가 다른 느낌이다. 젊었을 때의 계단은 높이가 낮고 다음 계단까지 거리도 길다. 공공시설의 계단 중에 높이가 10센티미터 정도이고 다음 계단까지 1미터 정도 걸어야 해서 별로 의미 없어 보이는 계단처럼 그렇게 완만한 모양이다. 그런데 중년이 되면 노화의 계단은 달라진다. 높이가 1미터고 발을 딛는 부분이 10센티미터 정도로 반대 모양이 되어 조심하지 않으면 굴러떨어질 것 같다. 물론 한 번 이 계단을 내려가면 이전 계단으로 올라가는 일은 거의 불가능하다.

'으음.'

거울을 흘끔흘끔 곁눈질로 살피면서 나는 머리를 감싸 쥐었다. 아줌마에서 할머니가 되는 건 괜찮지만 아줌마에서 영감이 되는 일만은 어떻게 해서라도 막고 싶었다. 이것은 지금까지의 내 인생에서 가장 큰 시련이었다.

냉정히 영감으로 보이는 이유를 분석했다. 자다가 일어났으니 당연히 화장은 하지 않은 상태다. 헤어스타일은 쇼트커트인데다 부스스했을지도 모른다. 파자마도 베이지, 블루, 네이비 같은 계열의 색상뿐이다. 친구 중에 젊었을 때부터 스타일이 무척 보이시한 친구가 있는데 그녀는 화장을 싫어해서 늘 맨 얼굴

로 다녔다. 어울리지 않는다며 스커트도 입지 않았다. 그런 그
녀가 마흔 살이 넘었을 때 자전거를 타고 가다가 뒤에 실어뒀던
채소를 떨어트린 일이 있었다. 물건이 떨어지는 느낌이 들어서
속도를 줄이고 뒤를 돌아보자 뒤에서 따라오던 초등학생이 그
것을 주워주려다 그녀와 눈이 마주쳤다. 그러자 그 아이는 "아,
아, 아……." 하며 손을 휘두르며 말을 머뭇거렸다. 아이는 친구
를 보고 아저씨라고 불러야 좋을지 아줌마라고 불러야 좋을지
몰라 "아, 아, 아."라고 머뭇거리며 필사적으로 고민하는 모습이
었다. 결국 아이는 "아저씨이."라고 큰 목소리로 친구를 불렀다.
친구는 아이에게 상처를 주지 않으려고 아저씨인 척하며 아이
가 주워준 채소를 받아들었다. 그리고 그 후로 몇 번이나 비슷한
일이 일어났다. 친구는 "아이는 물론 어른에게도 아무런 망설임
없이 '아저씨'라고 불리게 되었어."라고 말했다.

젊은 사람은 쇼트커트에 화장을 하지 않아도 충분히 여성스
럽고 귀엽다. 사람에 따라서는 미묘한 경우도 있지만 젊은 여성
은 피부의 느낌이 분명히 다르기 때문에 성별을 알 수 있다. 하
지만 중년은 쇼트커트를 하면 여성으로 보이는 사람과 그렇지
않은 사람이 있다. 나는 명백히 후자였나 보다. 그 사실을 '일어
났더니 거실에 있던 통통한 영감'을 발견하기 전에는 스스로 느
끼지 못했다. 영감으로 보인 이유는 분명히 내면이 드러났기 때

문이다. 그래도 키가 훌쩍 크고 이목구비가 뚜렷하다면 다카라

즈카(배우가 모두 여성으로만 구성된 가극단으로 1914년 첫 공연 이후 지

금까지도 인기를 얻고 있다 – 옮긴이)에서 남자 역할을 맡는 배우나

남장을 한 여인 같은 분위기가 날지도 모르지만, 삼등신에 어깨

는 처지고 다리가 짧은 체형쯤 되면 초콜릿에그(일본 후루타 제과

에서 발매한, 완구가 들어 있는 초콜릿 상품 – 옮긴이) 속에 들어 있는 완

구 캐릭터, 그것도 꺼내보고 누구도 별로 기뻐하지 않는 캐릭터

가 된 느낌이 든다. 젊은 사람은 겉모습에 속아 내면을 짐작할

수 없는 경우도 많지만 중년이 되면 행동에도 얼굴에도 그 사람

의 모든 것이 드러난다. 무척 알기 쉬워진다. 아무리 잠에서 깬

직후라고 해도 영감처럼 보인 나는 내면이 영감인 셈이었다.

내면이 여성과 남성 중 어디에 해당하는지를 세상이 만들어

놓은 남녀 분류 틀에 따라 따져본다면 나는 틀림없이 남성에 가

깝다. 주부의 마음보다는 일하는 남편의 마음을 더 잘 이해한다.

연애에 목숨을 바쳐본 적도 없고, 지금까지 남자친구를 몇 명 사

귀어 봤는지가 여자의 훈장이 된다고도 생각하지 않으며, 잘 보

이기 위한 선물 공세를 해주길 원했던 적도 없다. 다른 여성의

모습을 보고 라이벌 의식을 불태운 적도 없고, 답답함을 참아가

면서 꽉 끼는 속옷을 입어 균형 잡힌 몸매를 보여주려고 한 적

도 없다. 일할 때는 참기도 하고 인내와 노력도 하지만, 사생활에서는 그저 한없이 느긋하다. 헤어스타일을 쇼트커트로 한 것도 나이를 먹으면서 긴 머리가 부담스러워 보인다는 이유도 있었지만, 손질하기 간편하다는 이유가 제일 컸다.

"그래서는 안 되는 거였어."

영감은 반성하기 시작했다. 그야말로 옛날에 속으로 비웃던 펀치 파마를 한 아줌마와 같은 부류라는 증거였기 때문이다.

지금은 머리카락이 긴 남성도 있긴 하지만 머리카락이 어느 정도 길면 아줌마를 영감으로 착각하지는 않는다. 하지만 나는 어중간한 머리카락 길이가 성가셨다. 그리고 중년이 되어서도 윤기 있는 아름다운 긴 머리를 유지하기 위해서는 상당한 노력을 해야만 한다. 그 노력이 나에게는 가장 부족한 포인트일지도 모르겠다.

"자신을 가꾸기 위해 노력하고 있는가?"

스스로에게 물어봤지만 도무지 "네."라고 대답할 수 없었다. 밖에서 사람과 만날 때는 그런대로 화장을 한다. 그렇지만 립스틱 같은 색조 화장은 거의 튀지 않는 색으로 바르기 때문에 딱 봐도 '화장했어!'라는 분위기는 보이지 않는다. 하루 종일 집에만 있는 날은 세수마저 하지 않을 때도 있다. 여름철에는 자외선 차단 크림을 바르지만, 겨울철에는 장도 저녁 무렵에 보러 가기 때문에 화장도 하지 않고 나간다. 분명 얼굴이 엉망진창일 테지만 그런 건 내 알 바 아니다. 화장을 하면 돌아와서 지우기가 귀찮다. 본인은 햇볕에 타지 않는다고 생각하지만, 해가 질 무렵이라도 조금씩 자외선에 노출되기 때문에 얼마 지나지 않아 주근깨가 생긴다. 겨울철에는 피부가 퍼석퍼석해지면서 각질이 일어난다. 손가락으로 긁으면 피부가 일어나며 하얗게 각질이 떨어진다. 그게 재미있어서 긁기 시작해 문득 정신차려 보면 여기저기가 불긋불긋해지기 일쑤다. 젊었을 때는 주근깨 하나로도 울고 웃었지만, 지금은 '꽤 도돌도돌하게 생겼네.' 하는 정도로 끝이다. 어떻게 해볼 생각도 하지 않는다. 피부를 생명처럼 여기는 사람은 보톡스를 맞는다든가 쁘띠 성형의 길로 들어서겠지만 나는 그쪽도 관심이 없다.

'나이가 있으니 어쩔 수 없지.'라고 이해하고 받아들여버린다. 이런 생각이 영감이 되는 첫걸음이었다. 몸이 '뭐라도 하지 않으면 위험하다고!'라는 신호를 보내줬지만 무시했다. 목 아래쪽 몸이 보내는 신호에는 병원에 가기도 했지만 얼굴은 내버려뒀다. 얼굴에 이변이 일어났으면 조금은 노화에 저항해보아도 좋았을 텐데 무저항주의자로 지냈다. 간디는 훌륭한 사람이지만 여성이 자신을 이렇게 무저항주의로 대하는 것을 칭찬할지 어떨지는 의문이라는 생각이 이제야 들기 시작했다.

나에게 고우타(小唄: 에도시대에 유행한 짧은 가요의 총칭 - 옮긴이)
와 샤미센(三味線: 일본 전통 발현악기 - 옮긴이)을 가르쳐 주시는 스
승님은 옛날엔 아사쿠사의 게이샤였고 지금은 유곽 주인인데,
지금까지 화장을 하지 않고 있었던 적이 없다고 했다. 잠잘 때도
화장을 한 상태로 잔다고 한다. 목욕할 때는 지우지만 나오자마
자 다시 화장을 한다. 피부에 아무것도 바르지 않고 있는 시간은
겨우 몇 분밖에 되지 않는다. 그런 생활을 여든 살 가까운 지금
까지 계속 해왔다고 하는데 피부가 매끈매끈해 나이보다 훨씬
젊어 보인다. 당연히 영감으로는 보이지 않는다. 같은 방법을 실
천하지는 않더라도 그런 마음가짐이 있으면 여성성을 계속 유
지할 수 있을 것이다. 반면 나는 여성 호르몬이 감소하고 있는데
도 그 부분을 정신적인 면으로 조금이라도 보충하려고 하지도
않고 솔선해서 잃는 방향으로 향했다.

나는 마음을 고쳐먹었다. 중학생 유도부원도 아닌데 늘 맨 얼
굴로 지내는 것은 그만두기로 했다. 젊은 사람에게는 한 듯 안
한 듯한 자연스러운 화장이 좋다는데, 화장이 두꺼운지는 별개
로 중년이 되었다면 단정하게 옅은 화장 정도는 하는 편이 좋아
보인다. '통통한'은 바로 수정하기 힘들지만 '영감'은 지금 바로
어떻게 해야만 한다. 나는 여러 해 동안 발길을 옮기지 않았던

백화점 화장품 코너로 갔다. 그러고는 예쁜 메이크업 아티스트에게 어떤 색이 어울리는지 모르겠다며 도움을 요청하여 립스틱을 추천받았다. 발라보니 영감이 아줌마가 되었다. 무엇보다 여장한 영감처럼 보이지 않아서 다행이었다. 나는 어린 여성으로 돌아가고 싶은 야망을 품은 것이 아니다. 그저 영감에서 아줌마로 돌아가고 싶을 뿐이다. 갱년기가 된 자신을 너그럽게 풀어주겠다던 나지만 상황에 따라서는 지나치게 풀어주는 것도 깊이 생각해볼 일이라고 반성했다.

　　　　　평소 갱년기 장애에 시달리던 친구가 얼마 전
에 공황장애를 일으켰다. 그날 우리는 서로 아는 친구들과 일에
관련된 이야기를 나누며 회식을 했다. 그리고 서로의 집이 걸어
서 2분 정도 거리였기 때문에 함께 돌아와서는, 옆집에 사는 또
다른 친구네 집에 들이닥쳐 한밤중까지 잡담을 나눴다.

　친구는 낮에 출장지에서 일하던 도중에는 속이 안 좋았지만
저녁이 되면서 점점 컨디션이 괜찮아졌다고 말했다.

　"사람이 많은 곳에서는 사람들 열기 때문에 속이 안 좋아져."

나도 마찬가지로 사람멀미를 해서 쉽게 피곤해지는 체질이라 고개를 끄덕였다. 2시가 넘자 각자의 집으로 돌아가 슬슬 자볼 준비를 했다. 그런데 파자마로 갈아입고 침대에 한쪽 다리를 올린 순간 전화가 울렸다. 이런 한밤중에 전화할 사람이 없는데 싶어 경계하며 전화를 받자 옆집 친구였다.

"집에 돌아가서 공황장애를 일으킨 모양이야. 자기가 죽는다나 뭐라나. 너도 불러달라더라."

파자마 위에 코트를 걸쳤다. 눈을 동그랗게 뜨고 있는 우리 집 고양이에게 "뭔가 큰일이 난 것 같아. 잠깐 다녀올 테니 집 잘 지키고 있어."라고 말하자 고양이는 나름 긴급사태를 감지했는지 조용히 앉아 배웅해줬다.

걸어서 2분 거리를 달려서 친구의 집에 가자 침대에 누워 있는 그녀의 두 손을 다른 친구가 문지르고 있었다.

"괜찮아?"

친구는 얼굴이 새파랗게 질려서 두 손을 떨고 있었다.

"이렇게 차가워."

손을 만져보니 얼음장 같았다.

그녀의 이야기에 따르면 컨디션이 회복되었다고 해도 사실은 완전히 나은 상태는 아니었는지 우리와 헤어진 후에도 위화감을 느꼈다고 한다. 그런 상태로 집에 도착해 문을 열자, 갑자기 위화감이 공포로 변해 덮쳐들었다. 무서워서 텔레비전을 켜고 침대에 눕는 순간 자신이 살아 있다는 감각이 완전히 사라졌다. 살아 있는 몸을 전혀 감지할 수 없게 되었다고 한다.

"나는 이대로 죽어버리는구나 싶었어. 누군가를 부르지 않으면 정말로 죽을 것 같았어."

상황파악마저 못 하는 상태일까 걱정했던 참이라 조금은 안심했지만, 지금까지 본 적 없을 정도로 안색이 나쁜 것이 딱 보기에도 상태가 심상치 않아 보였다.

"역시 세련되어 보이기는 하지만 콘크리트가 그대로 드러나 있는 벽은 건강에 좋지 않을지도 몰라."

손을 문지르면서 친구가 말했다. 나도 이전에 이 맨션의 한 호실을 작업실로 빌렸다. 낮 동안에만 일하고 하루 종일 생활했던 것은 아니어서 실제로 피해는 없었지만, 이곳에 있으면 몸이 차가워지는 느낌이 들었다. 그러다 옆에 큰 맨션이 들어와 햇볕이 거의 들어오지 않게 되자 너무 추워서 작업실로 사용하기를 그만뒀다. 온기가 없는 차갑게 식은 집에 들어서는 일이 실제로 컨디션이 나쁜 그녀에게는 더군다나 좋지 않았다. 하지만 얼마나 영향을 받는지 스스로는 확실히 느끼지 못한다. 유럽인들은 석조 집에 살아도 괜찮은 DNA가 구축되어 있지만, 일본인은 전혀 그렇지 않을 것 같다는 생각을 했다. 나무와 종이로 만든 집에 살던 민족이 근본적으로 그렇게 쉽게 유럽이나 미국 스타일의 건축에 익숙해질 것 같지는 않다. 세상은 빠르게 진보하지만 민족의 근본적 본질은 거의 변하지 않은 것 아닌가 하고 생각했다. 근본 체질에 맞지 않는 환경 때문에 몸 안의 시스템이 조금씩 뒤틀리면서 여러모로 문제가 나타난 것이 아닐까.

"여기서는 자지 않는 게 좋겠어. 누워도 콘크리트 벽만 보이잖아. 마음이 쉴 수가 없을 것 같아."

조금 안정된 그녀는 이제부터는 옆집 친구 집에서 자기로 했다. 준비를 하는 사이에 슬쩍 방을 둘러보니 그녀가 수집한 불상을 나란히 진열해 놓은 선반이 보였다. 나는 불상에 관심은 없었지만 그 불사(불상이나 부처 앞에 쓰는 제구 따위를 만드는 사람 - 옮긴이)가 조각한 불상은 좋아했다. 하나같이 크기가 10센티미터에서 20센티미터 정도로 부처를 태운 코끼리도 무척 귀엽고 기분 나쁜 부분이 하나도 없었다. 볼 때마다 "얼굴 생김새와 분위기가 귀여워."라며 들여다보고 있으면 나도 하나 갖고 싶다는 생각이 들 정도였지만, 컬렉션 불상 올스타즈가 나란히 줄지어 서 있는 것을 보니 등골이 서늘해졌다.

"불상, 지나치게 많은 거 아냐? 조금 무서워. 한두 개씩 돌려가며 진열해보는 건 어때?"

지금 생각해 보면 엉뚱하기 짝이 없는 제안을 하고 말았다.

하지만 그때는 그 무구하고 귀여운 불상들이 "그렇게 우리가 마음에 든다고 하니⋯⋯."라며 천진하고 귀여운 얼굴로 그녀를 데리고 가버릴 것 같은 기분이 들었다.

우리는 옆집 친구네로 돌아와 일단 어떻게든 그녀의 몸을 따뜻하게 해야겠다는 생각에 족욕을 권했다. 예전에 사뒀던 진정 효과가 있다는 라벤더 에센셜 오일이 생각나 가지러 집으로 돌아왔다. 고양이는 무슨 일인지 궁금한 표정으로 침대 위에서 앙증맞게 몸을 둥글게 말고 있었다.

"이제 괜찮아. 하지만 아직 할 일이 남았으니까 먼저 자."

평소에는 자기 생각대로 되지 않으면 야옹야옹 시끄럽게 우는 녀석이지만 그 녀석도 뭔가를 느꼈는지 오늘만큼은 얌전했다. 오일 병을 가지고 친구 집으로 돌아가 따뜻한 물이 들어 있는 물통에 오일을 몇 방울 떨어트렸다. 수증기와 함께 부드럽게 향이 피어올랐다.

"아, 향기 좋다."

그녀가 중얼거렸다. 그녀는 냄새에 민감했기 때문에 향이 괜찮을지 어떨지 걱정했는데 일단 에센셜 오일의 효과는 있는 모양이었다. 발을 따뜻한 물에 담그고 있는 사이에 그녀의 얼굴에 붉은 기운이 돌기 시작했고 손도 따뜻해졌다. 우리도 깜짝 놀랐지만 가장 놀란 사람은 본인이었을 것이다. 나는 아직 그런 증상을 겪어보지 않아 대충 들은 정보밖에 제공할 수 없었지만, "레스큐 레미디Rescue Remedy라는 것이 패닉에 관련된 증상에 효과가 있다고 들었어."라는 이야기를 해줬다. 외국에서는 전화 옆에 이 레스큐 레미디를 놓아뒀다가 좋지 않은 연락을 받았을 때나 아이가 갑자기 아프거나 다치는 등 사고가 났을 때에 우선 엄마가 입안에 한 방울 떨어트린다고 했다. 그러면 마음이 안정되어 냉정하게 행동할 수 있다고 했다.

꽤 오래전에 샘플 같은 작은 병을 사서 입안에 넣어본 적이 있었다. 특별한 맛은 나지 않고 희미하게 감귤계열 향이 나는 물 같은 느낌이었다. 사두기는 했지만 나에게는 패닉을 일으킬 만한 사건이 일어나지는 않았고, 어느 샌가 변질되어 결국에는 버려야 했다. 시부야에 있는 로프트인가 도큐핸즈(로프트, 도큐 핸즈: 생활 잡화를 취급하는 체인 스토어 - 옮긴이)에서 산 기억이 있어 이야기해줬더니 친구가 가보겠다고 했다. 이런 이야기를 하는 동안에도 그녀는 가만히 물에 발을 담그고 몸을 계속 따뜻하게 했다.

옆집 친구 집에서 잠을 자게 된 후로 그녀의 몸 상태는 점점 회복되었다. 레스큐 레미디를 파는 곳에 가서 매장 담당자와도 상담했다. 증상에 맞춰 만들어진 레스큐 레미디를 사서 복용했더니 몸이 괜찮아졌다고 했다. 어쩐지 안 좋은 느낌이 들 때 먹으면 안정이 된다고 했다. 없는 것보다는 있는 편이 도움이 되지만 레스큐 레미디를 복용하는 것이 근본적인 치료는 아니다.

"이렇게 몸이 안 좋은 데는 갱년기 말고도 다른 이유가 있을 것 같아. 내 느낌에 머리 쪽이 수상해. 현기증도 심하고. 그래서 종합 건강 검진을 받아서 정확하게 알아볼까 싶어."

증상이 일상생활에 지장을 줄 만큼 심각하다면 병원에 가는 편이 좋다. 그리하여 그녀는 태어나서 처음으로 종합 건강 검진을 받았다.

검진 결과 몸에는 아무런 문제가 없었다. 다만 유방암과 관련하여 재검사를 받아보라고 해서 세포 혈류 검사까지 하는 정밀 검사를 받았는데 그 역시 바로 크게 문제가 될 만한 상태는 아니었다. 특히 그녀가 신경 썼던 뇌는 20대만큼 젊다고 하고, 위와 간에도 문제가 있을지 모른다고 생각했는데 아무런 문제가 없었다. 굳이 말하자면 연령보다도 젊은 내장을 유지하고 있었다. 당사자도 주변 사람들도 안심했지만, 반대로 이렇게 건강한데 그런 증상이 나타나다니 인간에게 정신적인 부분이 얼마나 중요한 문제인지를 알게 되었다. 몸이 아무리 건강해도 정신적으로 타격을 받으면 몸에 그만큼이나 해롭다.

이 이야기를 나보다 두 살 많은 담당 편집자에게 했더니 "저도 같은 증상을 일으킨 적이 있어요."라고 말했다. 몸이 안 좋아서 병원에 갔을 때 대기실에서 똑같은 증상을 일으켰다고 했다. 장소가 병원이라 다행이었지 주위에 사람이 없는 장소였다면 큰일 날 뻔했다고 한다. 나는 공황장애를 일으킨 사람을 처음 봐서 상당히 놀랐는데, 편집자의 이야기를 듣고 "드문 케이스가 아니구나."라고 새삼 깨달았다. 언제 어디서 나도 똑같은 상태가 될지 모르는 일이다.

공황장애 사건이 진정된 후 옆집 친구와 '몸이 튼튼하면 그걸로 충분하다'는 말은 틀렸다는 이야기를 나눴다. 우리가 어린이였을 때는 신체 건강이 가장 중요한 목표였다.

옛날에는 '건전한 정신은 건전한 신체에 깃든다'는 말을 들으며 자랐다. 그 시절에는 그랬을지도 모르지만 환경이 극변한 현대사회에서는 다르다. 신체가 아무리 건강해도 컨디션은 얼마든지 나빠질 가능성이 있다. 현대사회를 사는 사람은 몸보다도 우선 정신이 건강해야만 한다.

"젊은 애들은 체력이 있으니까 다소 무리해도 부담되지 않아."

나도 종종 이런 말을 하곤 했지만, 젊은 사람도 스트레스에 노출되어 있는 지금은 정신과 신체의 균형을 잡는 일이 점점 더

그렇게 중년이 된다

힘들어질 것이다. 갱년기가 아닌 사람들도 힘들 지경인데 자신이 어찌할 도리가 없는 신체의 변화를 겪는 갱년기 여성(최근에는 남성도)인 우리 세대는 자신의 기분을 잘 컨트롤할 수 없을 때 오죽 힘들까. 정신 건강과 마음의 평정을 어디에서 찾으면 좋을지는 사람마다 제각각 다르겠지만, 이제는 장수하려면 어떻게 생활하라든가 적게 먹는 것이 좋다든가 하는 신체적 측면뿐만 아니라 정신의 건강도 중요해졌다. 그리하여 내 앞에는 정신 건강이라는 깊이 생각해볼 새로운 주제가 놓였다.

아직 자신이 나이를 먹을 것을 눈곱만큼도 생각하지 못하던 시절, 학교 여선생님이나 동네의 까다로운 아줌마에게 억울하게 한소리를 들으면, "뭐야? 갱년기 아냐?"라며 친구들과 떠들고 웃었다. '갱년기'의 한자조차 알까 말까 하던 나이였다. 세상에는 '갱년기=히스테리'라는 공식이 있어서 중년 여성이 과하게 화를 낸다 싶으면 반드시 수군거리는 소리가 "갱년기 아냐?"였다. 거기에는 어느 정도 경멸도 포함되어 있었던 것 같다. 그러고 보면 나도 그런 식으로 생각했다. 그런데 눈 깜짝할 사이에 중학생에서 중년이 되었고, 갱년기 한가운데 들어와서야 비로소 처음으로 당시에 "갱년기 아냐?"라고 생각했던 사람들에게 "죄송합니다."라고 사과하고 싶어졌다. 지나친 히스테리에는 단순히 갱년기라기보다는 다른 병이 얽혀 있을지도 모르지만, 어쨌든 같은 세대가 되자 처음으로 그 기분을 이해할 수 있었다.

가족이 고통스러운 갱년기를 이해해주지 않으면, 그렇지 않아도 컨디션이 신통치 않은 데다 정신적인 타격까지 받아 증상이 더욱 나빠지는 경우가 있다고 한다. "갱년기가 되었다는 건 이제 더 이상 여자가 아니라는 의미야."라든가 "다들 겪는 일이니까 참아." 같은 말을 하는 남편이 있다고 한다. 만약 내가 그런 말을 들었다면 배로 갚아 주겠지만, 체력은 물론 기력도 떨어져 있거나 성격이 얌전한 사람이라면 실의에 빠질지도 모른다. 가까운 사람이 자신을 이해해주지 않는 것은 틀림없이 고통스러운 일이다. 남에게 이해받지 못한다고 해서 침울해하는 성격이라면 스스로 성격을 조금씩 개선해가는 편이 좋지 않을까 생각하지만, 남이 "어떻게 좀 해봐."라고 한다고 타고난 성격이 금방 어떻게 되는 것도 아니다. 전부 본인이 마음먹기에 달렸다고밖에 할 말이 없다.

나도 "어쩐지 짜증 나."라고 느끼던 시기가 있었다. 스스로도 잘 모르겠지만 어째서인지 항상 화를 냈다. 그것도 "너희들 까불지 마!"라고 큰 소리로 외치고 싶어 하며 크게 화를 내는 것은 아니고, "이놈도 저놈도 쓸모없는 것들뿐이야."라고 혀를 차면서 투덜거리기만 한다. 늘 마음속으로 투덜투덜 불평을 한다. 불평의 대상은 같은 전철에 타고 있던 사람일 때도 있고, 슈퍼마켓에 장보러 나온 사람일 때도 있다. 생각해 보면 그들은 큰 죄를 저지르지도 않았고 내가 지나치게 예민하게 받아들이는 것이었다. 그들은 그저 노약자석 앞에서 아무렇지 않게 휴대전화를 사용하던 직장인이었고, 통로를 카트로 가로막고 있으면서도 아무렇지 않게 여기는 뻔뻔한 주부였다. 나는 평소에는 눈살을 찌푸리고 말 정도인 상식 없는 직장인이나 주부를 향해 아무 말 없이 한참을 째려보기도 했다.

"다른 사람에게 방해가 되니까 좀 조심해주세요."라고 한마디 주의를 주면 충분할 것을 그러지 못한다. '그만 둬, 제발 그만 둬!'라고 마음속으로 빌어보지만 그런 상대는 대체로 둔감하기 때문에 내 마음이 통할 리가 없다. 그리고 예전 같으면 '성가신 놈' 정도로 지나갔을 일이, '저런 사람은 왜 존재하는지 모르겠어.'라고 화의 전압이 한 단계 올라가 짜증이 나는 상태가 된다.

하루는 어슬렁어슬렁 길을 넓게 차지하고 걷는 젊은 여성, 말

그렇게 중년이 된다

투가 마음에 들지 않는 점원. 또 다른 날은 아이를 야단치지 않는 엄마. 세상에는 화낼 거리가 여기저기 산더미처럼 쌓여 있다. 그런 것에 하나하나 반응하며 늘 짜증을 냈다. 스스로도 '좀 지나치게 짜증을 내고 있어.'라고 깨닫고 더 이상 민감하게 반응하지 않아야겠다고 다짐했다. 애초에 그 사람들의 행동이 잘못된 행동이다. 거기에 하나하나 화를 내고 있다가는 한 번 불끈 화를 낼 때마다 뇌의 모세혈관이 스물여덟 가닥씩 끊어져버릴지도 모른다. 그런 놈들 때문에 내 몸이 손해를 볼 수는 없다. 무엇보다 그들과 나는 앞으로는 볼 일 없는 사이다. 서로 계속 만날 사람이라면 확실히 말하겠지만 그렇지도 않은 사람에게 일일이 반응하다가는 요즘 세상에 내 몸이 견뎌내지 못한다. 사회적인 배려가 결여된 사람들에 대해서 '그런 것도 모르다니 불쌍한 사람들'이라고 생각하기로 했더니 지나친 짜증이 사라졌다. 지금 생각해 보면 역시 그때는 확실히 과민하게 신경이 곤두서 있었다.

그리고 그 후 눈과 피부에 트러블이 생겼다. 안구건조증이 심해졌는데 특히 습도가 낮은 날은 어떤 순간에 갑자기 눈이 아프기 시작해 눈물이 뚝뚝 흘러내렸다. 일단 눈물이 흐르면 통증은 사라지는데 이런 일은 이전에는 없던 일이었다. 물론 노안도 나타나기 시작했다. 가장 도수가 낮은 시판 돋보기를 일할 때나 책을 읽을 때 사용했더니 눈의 피로는 줄어들었다. 이삼 년 전에는 아직 노안이 익숙하지 않아 눈도 '무, 무슨 일이야?'라고 당황했을지도 모른다. 하지만 지금은 부정할 수 없는 노안이기 때문에 안정된 느낌이다. 눈의 피로가 심해지면서 그만뒀던 뜨개질도 돋보기를 쓰면서 다시 시작했다. 하지만 제일 먼저 뜬 것은 스웨터가 아니라 털실 바지였다. 입었을 때 피부가 따끔거리지 않도록 아기용 털실을 사와서 뜨개질을 했다. 아기용이라 귀여운 느낌이 드는 색상뿐이지만 따끔거리지 않으려면 선택의 여지가 없다. 친구 것도 떠서 안 받겠다는 것을 억지로 선물했다. 다음으로 뜬 것은 하오리(기장이 짧은 일본 전통 겉옷 – 옮긴이) 안에 방한용으로 입는 하오리시타였다. 즉 방한의류, 그것도 머플러 같이 멋을 부리기 위한 것이 아니라 오로지 방한 외에 다른 목적은 없는 의류만 만들었다. 그리고 지금은 조금 뜨개질에 질렸다. 전보다도 무엇에 한층 더 빨리 질리는 것도 나의 갱년기 증상 중 하나다. 아무튼 집중력이 지속되지 않는다. 집중력에 필요한 체력도 약해진 것이 분명하다.

피부 쪽은 원래 민감 피부이기 때문에 트러블을 늘 안고 살았는데, 지금은 얼굴보다도 몸 쪽에 증상이 나타난다. 나는 겨울철에 스커트를 입을 때는 스타킹이 아닌 타이츠를 주로 신는다. 우연히 세 켤레를 묶어서 싸게 파는 타이츠를 발견하여 사서 신었더니 정강이가 견딜 수 없을 만큼 가려웠다. 집에 돌아와 벗어보니 정강이 여기저기에 붉은 반점이 생겨 있었다. 긁으면 안 된다고 생각하면서도 시원해서 긁다 보면 그 붉은 점들이 하나가 되어 붉게 부풀어 올랐다. 더 이상 이 타이츠는 신으면 안 되겠다고 포기하고, 다음으로 한 켤레에 세 켤레 가격인 타이츠를 신어보니 전혀 가렵지 않았다. 소모품이라 낭비라고 느껴지기도 하지만 가려운 것을 참고 신을 수는 없어서 가려워지지 않는 타이츠를 신고 있다.

지금까지는 전혀 신경 쓰지 않았던 바지의 솔기도 신경이 거슬리곤 한다. 특별히 쫀쫀한 고무가 들어 있는 것도 아닌데 소파에 앉았을 때, '아, 여기 다리 안쪽이 불편해.'라는 느낌이 들면 더 이상 견딜 수가 없다. 이런 증상은 캐미솔의 스트랩 부분에서 느끼기도 하고, 티셔츠의 뒷부분에 붙은 태그에서 느낄 때도 있지만, 아무튼 조금이라도 불쾌한 부분이 있고 피부가 따끔거리면 도저히 참을 수 없게 된다. 특히 겨울철 스웨터가 문제다. 종류에 따라서는 안에 티셔츠를 입어도 따끔거릴 때가 있다. 그럴 때는 인터넷 쇼핑몰에서 산 효자손으로 등을 마구 긁는다. 이것이 또 기분이 좋다. 효자손으로 등을 긁을 때마다 나는 또 한 단계 노화해가는 기분이 된다.

말은 이렇게 하지만 나는 늙어가는 것을 어둡게만 보지는 않는다. 모든 생명체는 태어났으면 당연히 늙어간다. 당연하기 때문에 한탄할 것도 없다. 물론 늘 평안한 기분으로 지내지는 못한다. 아침에 일어났더니 집 안에 통통한 영감이 된 자신이 있기도 하고, 지금까지는 전혀 느끼지 못하던 얼굴의 처짐, 거무칙칙함, 모공이라는 노화 3종 세트가 갑자기 함께 찾아오기도 한다. 조금 폼 잡고 얼굴에 파운데이션을 바르려고 하면 벽에 바르는 것처럼 화장이 먹지 않아 엄청 두터운 화장을 한 것처럼 보이기도 한다. 투명한 느낌 따위는 전혀 없다. 체형에 관해서는 더 이상할 말이 없을 정도다.

하지만 나는 그렇게 변하는 자신이 꽤 좋다. 허물없는 또래 여성과 만나면, "아직 해?"라고 서로 물어본다. 특판 상품 이야기가 아니라 한 달에 한 번 오는 것에 대한 이야기다. 어떤 사람은 벌써 끝났고, 어떤 사람은 아직 이어지고 있다.

"나는 매달 통증이 심해서 오랫동안 고생했는데 어느 날 느닷없이 마치 가위로 싹둑 자른 듯 끝나버려서 깜짝 놀랐어."라고 말하는 사람도 있다. 페이드아웃 되듯 서서히 사라질 줄 알았는데 그렇지 않아서 의외였다고 했다. 여성에 대한 이해가 없는 남편의 발언처럼 폐경 후에는 더 이상 여성이 아니라고 여겨 우울해지는 사람도 있는 모양이지만, 나는 빨리 그날이 오기를 기대하고 있다. 원래 생리통도 없고 굉장히 편하게 지내는 체질이어서 친구들 사이에서는 '남자'라고 불리기도 했고, 폐경 후에는 신체적 트러블이 발생하기 쉽다는 것은 알지만, 매달 신경 쓰지 않아도 되는 일이 하나라도 늘어나는 것은 감사하다. 드디어 최후의 날이 온 건가 기대했는데 다시 얼마 지나지 않아 손님이 찾아오면 좀 실망스럽다. 지금은 그런 상태가 반복되고 있다. 무엇이든 부정적인 방향으로 생각하기 시작하면 제대로 되는 일이 없다. 무사태평이라거나 덜렁이라는 소리를 듣는다 해도 어쨌든 모든 일은 좋은 방향으로 생각하는 것이 중년에게는 가장 좋은 전략이 아닐까 싶다.

먹
고
,
마
시
고
,
바
르
고

친구는 여전히 갱년기 장애에 시달리고 있다.
종합 건강 검진으로 몸 구석구석까지 살펴본 결과 안 좋은 곳이
한 군데도 없다는 보증 수표를 받았는데도, 그 후 "점점 더 컨
디션이 나빠졌어."라고 하소연했다. 무엇보다 현기증이 심각해
서 '어어?' 하며 눈앞이 빙그르르 도는 느낌이 자주 든다고 했
다. 저녁에 세련된 레스토랑에서 회식할 때는 차분한 분위기를
만들기 위한 살짝 어두운 조명에도 몸이 반응을 한다. 옆에 앉아
있던 사람의 얼굴을 보며 이야기하다가 음식을 먹으려고 자신

의 앞에 있는 그릇으로 고개를 돌린 순간 '빙글'하고 현기증이 났다. 누구나 현기증 비슷한 경험은 있겠지만 그런 일이 수시로 일어나면 무척 괴로울 것이다. 친구는 작은 회사를 경영하고 있어 일을 쉬기도 힘들고, 여기저기서 트러블이 발생하기 때문에 스트레스가 쌓여도 한순간도 마음을 놓을 틈이 없다고 한다.

그녀는 갱년기 증상을 개선해준다는 한약을 몇 년째 먹고 있는데 "좋아지는지 좋아지지 않았는지 모르겠지만, 이런 상태에서 벗어나지 못한 걸 보면 그다지 효과가 없을지도 몰라."라고 말했다. 그녀는 카이로프랙틱(Chiropractic: 그리스어에서 파생된 단어로 '손'을 뜻하는 '카이로'와 '치료'를 뜻하는 '프락토스'의 합성어다. 약과 수술에 의존하지 않고 의사의 손으로 여러 가지 질환을 치료하는 대체 요법 – 옮긴이)도 받고 있다. 몸이 안 좋을 때는 치료사가 조금 만져보는 것만으로 "좀 심각하네요. 몸이 굉장히 긴장되어 있어요."라고 말할 정도라고 한다. 몸을 풀어준 후 뜸을 뜨면 편해지는 모양이다. 한방은 효과가 빠르게 나타나지 않기 때문에 길게 보고 치료해야 하지만, 일이 들어오면 다소 몸이 괴롭더라도 일을 하러 가야만 하다 보니 그녀는 매일 몸에 무리를 강요하고 있다. 그런 상황 속에서 어떻게든 조금이라도 빨리 증상을 개선시키고 싶은 마음에 좋다고 하는 영양보충식품 같은 것도 적극적으로 먹는다.

친구 집에서 '클로렐라', '순무절임', '녹즙', '키토산' 등이 들어 있는 병과 봉투가 줄줄이 늘어서 있는 것을 보고 무심코 "아무리 효과가 있다고 해도 이렇게 다양한 종류를 먹으면 위에서 화학변화를 일으키지 않을까?"라는 말이 튀어나왔다. 달인 약초와 해조류와 새우에 게까지 하나로 뒤섞이는 것이다. 만일 제각각 효과가 있다고 해도 뒤섞여버린 탓에 효과가 상쇄될 것 같았다.

"나도 그런 기분은 드는데, 아무래도 습관이 되었나봐."

그렇게 말하면서 녹즙을 꿀꺽 마시고는, "으으⋯⋯." 하고 신음을 내뱉었다.

그녀는 앞에 등장했던 석류주스가 갱년기 장애 개선에 효과가 없다는 기사를 읽고 필사적인 모습을 보인 중년여성과는 반대 유형으로 어느 것에도 매달리고 있지는 않았다.

'효과가 있다고 하니까 한 번 먹어볼까?'라는 가벼운 느낌으로 복용하다 보니 종류가 잔뜩 늘어난 것이다.

"화학변화를 일으키기 전에 줄일 생각이긴 해. 뭘 그만 먹을까?"

그녀는 병을 하나씩 들어서 살펴본 후, "이건 그만 먹어야겠다."라며 키토산병을 치웠다. 원래 게를 별로 좋아하지 않는다는 이유였다.

"산소도 효과가 없었어."

요즘 붐을 일으키고 있는 산소가 괜찮았다며 알려준 사람이 있어서 바로 마셔봤다고 한다.

"일과 관련된 미팅 겸 회식이 있었는데 속이 안 좋아 보이면 안 되겠다는 생각에 그 전에 열심히 산소를 들이마셨거든. 그랬는데 아무래도 지나치게 마셨는지 속이 안 좋아져서 결국 식사를 거의 못했어."

아무리 좋다고 해도 무엇이든 많은 양에 욕심을 내면 좋지 않다. 상대방에게 솔직히 "갱년기 장애라서……."라고 설명했더니 거래처의 나이가 지긋한 두 남성은 "힘드시겠어요."라고 위로해줬고, 그녀는 "여러분이 따뜻하게 봐주셔서 이렇게 겨우 일을 이어가고 있어요."라고 말했다고 한다.

그로부터 얼마 후 한 잡지를 읽다 보니, 걷기 운동을 해서 갱년기 장애 증상이 거짓말처럼 사라졌다는 여성의 이야기가 나왔다. 처음에는 현기증 때문에 5분도 채 걷지 못했지만 남편과 함께 5분, 10분씩 익숙해지기 시작해 30분 걸을 수 있게 되었을 때부터 1년이 지나자 괴로웠던 갱년기 장애가 사라졌다고 한다. 하루 30분이라면 편도 15분 거리를 왕복만 하면 된다. 그 정도라면 그녀도 가능하지 않을까 싶어, "걷기 운동을 해서 나았다는 사람이 있더라."라고 알려줬다. 현기증을 자주 느끼는데 혼자 밖에 내보내기는 불안하므로 가까이 사는 친구가 함께 했는데 역시나 어질어질했던 모양이다. 일할 때는 회사 직원이 운전하는 자동차로 이동하기 때문에 일상적으로 걷는 데 익숙하지 않은 탓이다. 실내라면 모를까 밖에서 현기증이 나면 얼마나 불안할까. 그러니 현기증이 나면 밖에 나가고 싶지 않고, 실내에서만 지내게 되기 쉬워 마음이 더욱 우울해지는 악순환이 발생한다. 그보다는 지금은 외출하기 좋은 계절이니 조금씩이라도 걸으면 기분전환도 될 것이다.

"걷는 것도 이젠 보통 일이 아니야. 확실히 기분은 좋아지지만 몸의 다른 부분에 안 좋은 느낌이 계속 남아 있어. 기분이 좋고 나쁨이 늘 몸속에서 동거하는 느낌이야."

보통 사람에게는 '걷기'라는 행위가 아무것도 아니지만 갱년기 장애가 있는 사람에게는 그 한 걸음을 내딛는 일조차 상당히 힘들다.

중년이 되면 아무리 건강에 자신이 있어도 영양보조식품을 먹는 사람이 많지 않을까. 나도 최근에는 녹즙과 느타리버섯 추출물을 매일 마시고 있다. 클로렐라와 순무절임을 얻어서 먹어봤지만 나에게는 도저히 맞지 않았다. 냉동보관이 가능한 주스

그렇게 중년이 된다

상태로 된 녹즙은 마신 후에 위가 메슥메슥해지므로 분말 상태로 된 녹즙 가루를 물에 타서 마신다. 가루로 된 것은 위에 불쾌감이 없고, 마시면 확실히 눈이 피곤해지는 정도가 다르다. 나는 피곤할 때나 콩이나 초콜릿을 많이 먹었을 때는 반드시 구순포진이 생긴다. 1년에 네 번 정도 시달리며 그때마다 진절머리가 났는데, 느타리버섯 추출물을 마신 후부터 한 번도 구순포진이 생기지 않았다. 내게는 구순포진이 고민거리였기 때문에 느타리버섯 추출물도 거르지 않고 마시기 시작했다. 또 안정피로가 경감하기 때문에 일을 위해 녹즙도 끊을 수 없게 되었다. 나는 버섯과 푸성귀가 체질에 맞는 모양이다.

아직은 일상생활에 지장이 있을 정도로 심각한 갱년기 증상은 나타나지 않았다.

'이제나저제나' 하며 전전긍긍하고 있을 때 초여름이 되면서 땀 때문인지 피부 트러블이 일어나기 시작했다. 티셔츠도 절대못 입는 것과 입었을 때 전혀 문제가 없는 것으로 확실히 나뉜다. 트러블이 생겨 못 입는 티셔츠는 입는 순간 피부가 화끈 달아올라 가렵고 새빨개진다. 오가닉 코튼으로 만든 티셔츠는 전혀 문제가 없다. 다만 소재는 좋지만 이상한 자수나 일러스트가 붙어 있기도 하고 심플한 디자인이 별로 없어서 고르기가 힘들다. 고작 티셔츠 하나가 피부에 닿았을 때 느낌이 전혀 다르니

신기할 정도다. 피부에 맞지 않는 옷을 입으면 몸이 긴장한다고 해야 할지, 뻣뻣해지는 느낌이 든다. 그 상태가 지속되면 스트레스가 쌓인다.

갱년기에는 '건조'도 키워드가 되는 모양인지 얼마 전에 평소에는 신지 않는 스타킹을 신으려다가 흠칫 놀랐다. 엄청난 상태가 된 발꿈치를 봤기 때문이다. 내 신체의 일부분이 이렇게 딱딱하게 변할 줄은 상상도 못했다. 아직 젊었을 때는 손질하지 않아 건조하고 갈라진 중년 여성의 팔꿈치를 보면 '팔꿈치가 우메보시(매실을 소금에 절여 말린 일본 음식 - 옮긴이) 같아.'라며 놀라고는 했는데 그것에 버금가는 놀라움이었다. 매일 욕실에서 씻으면서도 어째서 좀 더 일찍 발견하지 못했는지 스스로도 기가 막혔다. 늘 양말이나 타이츠만 신다 보니 섬세한 스타킹을 신으면서 처음으로 한껏 갈라진 발꿈치 상태를 보고 아연실색했다.

예전에는 욕실에 놓여 있는 비누처럼 매끌매끌했는데 지금은 아무렇게나 방치해둔 탓에 말라서 쩍쩍 갈라진 비누 같다. 어쩌면 매끌매끌한 그 상태가 오히려 환상이었을까 싶을 정도다. 반신욕을 할 때 패디파일로 밀고 크림을 발라도 신경 쓴 티가 나지 않는다. 가슴과 배와 팔뚝은 축 늘어지면서 어째서 발꿈치는 딱딱해지는 걸까? 한 사람의 신체에서 어디는 흐물흐물해지고 어디는 딱딱해지기도 하니, 정말로 영문을 모르겠다. 어느 한쪽으로만 변하면 좋겠다는 생각에 성질이 났다.

이런 이야기를 회의 때 했더니 누군가가 "콜라겐이 좋다던데요."라고 알려줬다. 그러고 보니 확실히 아귀전골을 먹은 후에는 피부가 반들반들해지긴 하는데, 과연 발꿈치에도 효과가 있을까? 가려움도, 발꿈치의 갈라짐도 몸이 한없이 퍼석퍼석 건조하다는 신호일지도 모른다. 하지만 증상 하나하나에 지나치게 신경을 쓰면서 몸에 좋다는 것을 이것저것 마시다가는 영양보조식품만으로 배가 부를지도 모른다.

언제까지나 젊음을 유지하고 스타일도 좋으며 건강하고 발랄하게 지내는 것. 이러한 모습이 여성에게 이상적이라고 말할 수도 있겠지만, 나에게는 절대 무리다. 내가 할 수 있는 범위의 노력은 하겠지만 젊음에 전혀 집착하지 않기 때문에 노력하는 범위가 굉장히 좁다. 그러다 보니 뚜렷한 결과도 나오기 힘들다. 나는 구순포진이 생기지 않게 된 것만으로도 만세를 부르고 싶은 정도라 이 상태만은 계속 유지하고 싶다. 우선순위를 따지자면 가려움과 발꿈치는 두세 번째다. 가려움은 효자손으로 해소하기로 하고, 딱하고 가여운 발꿈치에게는 목욕을 할 때마다

"발꿈치야, 미안해."라고 사과한다. 발꿈치를 위한 영양보조식품은 먹지 않는다. 분명 이대로 갈라진 상태가 지속되겠지만 그것 또한 불가피한 일이라고 여기기로 했다.

나는 지금까지 살면서 그다지 스트레스를 느끼지 않는 편이라고 생각해왔다. 갱년기로 말미암은 신체의 변화는 어느 정도 있지만 눈에 띄게 문제가 생기지도 않았다. 이야기를 들어보면 예순 살을 넘어서부터 갑자기 증상이 나타나는 사람도 있다고 하니 나는 괜찮을 거라고 태평하게 있을 수만은 없는 것도 사실이지만, 얼마 전에 이런 나라고 해도 '스스로도 모르는 몸의 변화'를 깨닫게 된 일이 일어났다.

15년을 만나온, 나보다 나이 어린 여성 지인이 갑자기 세상을 떠났다. 그것도 일 때문에 마지막으로 그녀를 만난 것이 그녀가 세상을 떠나기 겨우 이틀 전으로, 몸이 안 좋아 보이긴 했지만 설마 이런 일이 일어날 줄은 상상도 하지 못했다. 그녀는 노후에 대한 이야기를 열심히 했고, 연립주택에서 친구들과 함께 살 거라는 내 계획에 자신도 끼워달라고 했다. 밤에 연락을 받았을 때는 교통사고를 당한 건가 생각했을 정도였다. 그런데 스스로 목숨을 끊었다는 이야기를 듣고는 할 말을 잃었다.

사실은 그 전에도 여러 가지로 신세를 지던 남자 지인이 두 명이나 세상을 떠났다. 그중 한 명의 소식을 전해준 사람은 세상을 떠난 이의 여자 친구였다. 그때 그 여자 친구가 울거나 흐트러진 모습을 보이지는 않고, "○○ 씨가 세상을 떠났어요."라고 담담하게 말했던 것이 떠오른다. 설마 보름 후에 그녀도 세상을 떠나리라고는 상상도 할 수 없었다. 사람이 죽는 원인에서 슬픔의 크기는 측정할 수 없을 터이다. 그래도 곰곰이 생각해 보면 병에 걸려 죽음을 맞이한 경우는 사람의 지식으로는 여전히 알지 못하는 영역도 많으므로 안타깝지만 어쩔 수 없는 일이라고 체념하게 된다. 하지만 누군가 스스로 목숨을 끊었다면 남은 사람은 그저 망연자실할 수밖에 없다. 상대방에게 그런 낌새나 조짐이 없었다면 더욱 그렇다.

그녀의 부고를 전해 듣고 나는 무척 놀라기는 했지만, 한편으

그렇게 중년이 된다

로 무척 성실하고 모든 일을 골똘히 생각하는 그녀에게 이 세상은 살기 힘든 곳이었을지도 모른다는 생각도 들어 조금은 이해가 되었다. 누구에게나 세상은 살기 힘든 곳이지만 다들 어떻게든 적당히 타협하며 살아간다. 하지만 그녀는 이 힘든 세상에서 30대 중반에 하차해버렸다. 가까운 사람의 갑작스러운 죽음, 그것도 자살이 일반적으로는 절대로 있어서는 안 될 일이라고 생각하면서도 그녀만큼은 이해해주고 싶었다. 그녀의 하소연을 몇 번이나 들은 적이 있어서 괴로움을 조금은 안다고 생각했다. 그녀는 정말로 성실하게 살았다. 지나치게 성실하다 싶을 정도로 외골수라 자신의 고집을 끝까지 굽히지 않은 나머지 주위의 사람들과 의견 충돌을 빚기도 하는 타입이었다. 반면 섬세하고 배려심이 깊은 상냥한 사람이기도 했다.

그녀가 어느 상의 후보가 되었을 때였다. 아쉽게도 수상은 못했는데, 당선된 작가 중 한 명이 "이번에 수상한 작가 이외의 후보자는 인생을 쉽게 보고 있다."라고 당선 소감을 쓴 것을 읽었다. 나는 지금까지 그랬던 적이 없을 정도로 격노하여 증오라고 해도 좋을 만큼 그를 싫어하게 되었다.

"웃기고 있네. 너 같은 거보다 그녀가 훨씬 인생에 성실해."라고 말해주고 싶었다. 이후 그의 사진을 보면 여전히 화가 나서 곤란한데, 내가 이렇게 느낄 만큼 그녀는 성실하게 살았다.

그녀는 삶의 방식을 전부 스스로 결정해온 사람이기 때문에 나는 그녀가 선택한 인생을 끝낸 방식도 받아들이기로 했다.

"이렇게 했으면 좋았을 텐데. 저렇게 했으면 좋았을 텐데."라고 옆에서 말하기는 간단하지만 다른 사람이 그 사람의 인생을 대신 살 수는 없다. 자신에 대해서도 잘 모르는데 남의 일을 알 수 있을 리가 없다. 어떤 위치나 환경에 있더라도 살아가는 방식은 본인이 정할 수밖에 없다. 지금 생각해 보면 그녀가 세상을 떠난 직후 나는 안타까워서 슬퍼하기보다는 아무튼 '받아들이려고' 애썼다.

"왜 죽음을 선택한 거야? 그게 얼마나 바보 같은 선택인지 아니?"라고 나무라기보다는 "지금까지 힘내서 잘 해왔어. 부디 편안히 쉴 수 있기를." 이렇게 이야기해주고 싶었다.

이번 일이 사람들에게 알려지면서 그녀와 나의 관계를 아는 사람들로부터 낙심하지 말라며 걱정하는 메일을 몇 통이나 받았다.

"몸져누웠나 했어."라며 좀 지나서 전화를 주신 분도 있어서 정말 감사하고 기뻤다. 추도문도 의뢰받아 쓰면서 '이걸로 내 기분도 정리할 수 있어.'라고 생각했다. 그전까지는 문득 '왜?'라고 그녀의 죽음에 의문이 생기곤 했다. 그것은 아무리 생각해봐도 답이 나오지 않는 의문이었다. 그 의문에 결론을 얻지 못한 채로

그렇게 중년이 된다

그저 '받아들이자'고 애썼던 것이다.

그런데 그 후 내 몸 상태에 변화가 일어났다. 같은 동네에 사는 갱년기 장애를 겪고 있는 친구나 옆집에 사는 친구도 그녀와 얼굴은 알고 지낸 사이였기 때문에 나와 비슷하게 충격을 받았다.

"그때부터 몸 상태가 시원찮아."

갱년기 장애를 겪고 있는 친구는 증상이 심해졌고, 또 다른 한 친구는 기분이 답답하고 우울하다고 했다. 그럴 만도 하다고 생각했던 나에게도 변화의 징조가 나타나기 시작했다. 일이 있었던 직후가 아니라 2주일 정도 지난 후부터였다. 오래전부터 있었던 증상이 심해진 것이다. 통증이 그다지 심하지 않았던 신경통이 심해지고, 피부 알레르기도 심각해지면서 면으로 된 옷을 입어도 표백제에 피부가 반응하여 캐미솔을 입었던 등이 빨개졌다. 이런 증상은 이전부터 있었기 때문에 우연히 증상이 심해졌을 뿐이라고 생각했다. 확실한 변화는 내장에서 나타났다. 위에 가벼운 통증이 있고 3일 동안 설사를 했다. 일상생활에 지장을 줄 정도는 아니지만 이전까지는 배가 아픈 적이 거의 없었기 때문에 이상하다고 생각했다. 그리고 그 후에는 변비가 이어졌다. 전혀 나오지 않는 것이 아니라 일단 매일 나오기는 하지만 이전과는 상태가 달랐다. 이런 증상에 대해 찾아봤더니 스트레스성이라고 했다. 그때 처음으로 "몸에 스위치가 들어 있다는 말은 이런 걸 가리키는구나."라고 알게 되었다.

갱년기 장애가 생긴 사람은 어떤 일을 계기로 스위치가 '탁' 하고 켜지는 것이다. 알고 지내는 젊은 여성이 우울증으로 통원 치료를 받고 있는데, 그 이야기를 들었을 때도 믿어지지 않았다. 느긋하고 무심한 분위기에 대범한 성격인 여성이었기 때문에 그렇게 정신적으로 궁지에 몰려 있으리라고는 생각도 못했다. 그때 나는 솔직히 그녀의 기분을 이해하지 못한 채로 "건강이 중요하니까 무리하지 마."라는 말밖에 할 수 없었다.

내가 이런 현실을 마주하고서야 비로소 몸의 상태가 변하는 계기를 알게 되었다. 누구에게나 몸이 안 좋아지는 스위치가 켜지는 순간이 있는 것이다. 이전에 잡지 연재에서 정신과 몸이 따로따로라는 이야기를 쓴 적이 있다. 친구를 저 세상으로 떠나보냈을 때의 내가 바로 그 상태였다. 머리로는 받아들이려고 애썼지만 몸은 그렇지 않았다. 솔직하게 슬픔에 부딪쳐 반응했다. 증상은 표면에 나타나거나, 내장이나 정신 건강의 문제로 나타나는 등 사람마다 제각각이다. 누구나 그렇게 될 수 있다고 절실히 느꼈다.

몸 상태가 나빠졌을 때부터 그녀의 죽음이 무척 슬픈 일이었다고 솔직하게 생각해보기로 했다. 그녀와 비슷한 나이의 사람을 보면 '아직 저렇게 젊었는데.'라고 생각하고, 투병 중인 사람의 모습을 텔레비전에서 보면 '저렇게 살고 싶어 노력하는 사람도 있는데.'라고 생각하고, 스포츠 중계를 볼 때는 '힘든 일이 있어도 자기 나름대로 성실하게 살다 보면 반드시 뭔가 이루게 되는 법인데.'라며 눈에 보이는 모든 것을 그녀와 연결지었다. 그녀가 세상을 떠난 직후보다도 자주 훌쩍훌쩍 울었다. 그래도 슬프지만 언제까지나 그런 상태로 지낼 수는 없기 때문에 조금씩 그녀의 죽음을 받아들여야겠다고 생각했다. 그전까지는 '조금씩'이 아니라 '바로'였기 때문에 마음이 따라가지 못했다.

여드레가 지나자 변비는 사라졌지만 다른 증상은 여전히 계속되었다. 지금 생각해 보면 나는 어떻게든 슬픔을 머리로 숨기려고만 했다. 장례식 자리에서는 물론 집에서도 눈물이 흘러나왔지만 머릿속 어딘가에서 '울면 안 돼. 참아야만 해.'라고 억누르고 있었다. 그러기 위해서 '이런 일을 겪어도 나는 괜찮아. 강한 사람이니까.'라고 스스로에게 말했다. 슬픔을 견뎌야 한다고 생각하면서도 한편으로는 이유를 찾을 수 없었다. 그래서 언제나 '왜? 어째서?'라는 의문이 나를 늘 따라다녔고 도저히 상황을 이해하고 받아들일 수 없었다. 겨우 이틀 전에 만났는데 그녀의 기분을 눈치 채지 못했던 자신이 한심하게 느껴진 탓도 있다. 무리해서 바로 다시 일어나려고 하지 않고 솔직히 자신과 마주했다면 컨디션이 변하지 않았을지도 모른다. 남의 일에는 이러쿵저러쿵했지만 자신에게 여유롭고 느긋하지 못한 면이 있다는 사실을 깨닫고 심정이 복잡했다.

사십구재도 끝나고 정신적으로도 안정되었지만 한번 켜진 몸의 스위치는 원래대로 돌아가지 않았다. 내장기관에는 아무런 증상이 나타나지 않지만 피부 알레르기와 신경통은 증상이 한 단계 심해진 상태가 지속되었다. 지금부터는 느긋하게 대응하는 수밖에 없다. 나는 그나마 이 정도라 다행이지만 세상에는 남이 보기에는 사사로워 보여도 병원 치료를 받아야 할 정도로 정신적인 타격을 입는 사람도 많다. 그녀의 죽음이 나의 약한 부분을 알려줬다. 정신 차리고 다부진 마음으로 행동하려고 한 나머지 몸의 반응을 머리로 억누르려 했다는 것도 지금까지 전혀 몰랐다. 무척 슬픈 일이 계기가 되긴 했지만 나의 약한 부분을 깨닫게 해준 그녀에게 감사 인사를 하고 싶다.

저 세상에서 편히 쉬기를, 마음 깊이 그녀의 명복을 빈다.

이전부터 갱년기 장애에 시달리다 공황장애를 일으킨 적이 있는 친구는 그 후로도 갱년기 장애에 좋은 것이라는 이야기를 들으면 닥치는 대로 시도해봤다. 한번은 친구 집에 가니 그녀가 비닐봉지를 입에 대고 "후우, 하아, 후우, 하아." 하며 뭔가를 하고 있었다.

"설마 그 나이에 본드 마시는 건 아니지?"

"이산화탄소가 좋다더라."

페트병 안에 삼분의 일 정도 물을 넣고 빨대를 이용해서 숨을 뱉어 부글부글 거품을 일으키기도 했다. 그 물을 마시면 좋다는 이야기를 듣고는 옆에 두고 마셨다.

"그래서 하고 있긴 한데."

빨대를 입에 물면서 해죽 웃는다. 나는 몇 개월 전의 일을 떠올렸다. 친구는 산소가 좋다는 이야기를 듣고 산소를 과하게 마셔서 속이 안 좋아졌다. 산소도 좋고, 이산화탄소도 좋다고 한다.

"대체 뭐가 좋다는 거야?"

당최 이해할 수 없어서 물어보니 본인도 "글쎄."라며 고개를 갸웃거릴 뿐이었다.

친구는 연말에 종합 건강 검진을 받았다. 특별히 걱정할 부분은 없지만 가슴에 아주 작은 멍울이 있어서 경과를 살펴보자는 이야기를 듣고 지정해준 날에 병원에 갔다. 멍울은 거의 사라져서 문제가 없었다. 하지만 몸 상태가 전혀 좋아지지 않는다고 의사에게 상담하자 "그렇다면 부인과에 가보시는 편이 좋을지도 모르겠네요."라며 그 자리에서 예약을 잡아줬다. 시키는 대로 부인과에 갔더니 담당 의사는 갱년기 장애도 경험해보지 않았을 법한 젊은 친구인데다 무척 어둡고 복이 없는 인상이었다.

친구는 '어? 이 사람한테 진찰받는 거야?'라는 생각에 불안해졌다. 병원에 갔을 때 의사의 얼굴을 보는 것만으로 '괜찮을까?'

그렇게 중년이 된다

하고 불안해질 때가 있다. 자신보다 인상이 어두운 사람, 안색이 나쁜 사람, 주절주절 말이 많은 사람, 박복해 보이는 사람, 처음부터 만면에 미소를 띠고 있는 사람 등에게는 진찰받고 싶지 않다. 얼굴을 보자마자 '이 사람이라면!'이라고 생각할 수 있는 인덕, 안정감, 신뢰감을 원한다. 진찰을 받기 전부터 환자를 불안하게 만드는 의사에게는 문제가 있다고 생각한다.

"우선 선생님이 다른 의사 선생님께 진찰을 받아보고 오시는 게 어떨까요."라고 말하고 싶어진다.

친구도 무심코 그렇게 말하고 싶어지는 것을 꾹 참고 의자에 앉았다. 그리고 계속 머릿속에 뭔가가 막혀 있는 듯 무거운 기분에서 벗어나지 못한다는 것과 몸 여기저기가 뻐근하다는 것 등을 이야기했다. 의사는 "네네." 하고 고개를 끄덕이면서 컴퓨터를 조작하더니 "그렇다면 정신건강의학과에 가보시는 편이 좋을지도 모르겠네요."라며 그 자리에서 예약을 잡아줬다. 잡아줬다고 말할 수도 있지만, 책임을 떠넘기는 것처럼 보이기도 했다.

"하……, 그런가요."라고 답한 친구는 정신건강의학과의 대기실로 향했다.

친구는 "출판사 편집자 같은 사람이 잔뜩 있었어."라고 표현했다. 그런 사람들 사이에 섞여 순서를 기다렸다고 한다. 의사를 만나기 전에는 두 단계의 카운슬링을 받아야 했다. 우선 카운슬링을 위한 카운슬링을 받았다. 담당자는 일을 시원시원하게 할 것처럼 보이는 여성이었다.

"어떤 기분이 드는지 구체적으로 말씀해주시겠어요?"

친구는 늘 머리가 무겁고 답답하게 꽉 찬 느낌이라고 말했다.

"그러세요? 꽉 차있는 느낌을 구체적으로 설명해주실 수 있을까요?"

"음……. 그러니까 음, 머릿속이 바움쿠헨 같다고나 할까요…….."

그 말을 듣자마자 메모를 하던 여자의 표정이 싹 변했다.

"머리가 바움쿠헨?"

여자는 작은 목소리로 한 번 중얼거린 후 진지한 얼굴로 서류에 무언가를 써넣었다. 그러고는 날카로운 표정으로 "바움쿠헨에 대해서 좀 더 자세히 말씀해주세요!"라고 단호하게 말했다.

"네?"

친구는 초조해졌다. 사실은 전날 지인에게 유명한 가게에서 파는 바움쿠헨을 선물 받았다. 그 바움쿠헨은 묵직한 중량감이 느껴지는 제품이었다. 그 인상이 너무나 강했기 때문에 머릿속이 꽉 차있는 느낌을 그만 바움쿠헨 같다고 말해버린 것이다. 사정을 알고 있는 우리는 그 표현을 듣고도 "아, 무슨 말인지 알겠어."라며 흘려들을 수 있었지만, 아무것도 모르는 카운슬러가 그런 말을 들었다면 진지한 표정이 될 수밖에 없었을 것이다.

"음, 저기 그러니까."

"바움쿠헨 말이지요, 머릿속의. 그게 어떻게 됐나요?"

여자가 다그치듯 질문했다.

"아니, 저기 그건 말이죠, 그러니까 무게가 묵직하고요……."

"흠. 묵직하게 무겁다. 머릿속의 바움쿠헨이."

이맛살을 찌푸리며 그녀는 서류를 계속 써 내려갔다.

"아니, 저기 그건 예를 들어 비유하자면 그렇다는 말이고요, 정말로 머릿속에 바움쿠헨이 들어 있다는 게 아니라……."

여자는 친구의 얼굴을 빤히 바라봤다. 이 분위기에서는 무슨 말이든 하면 할수록 불리해진다는 사실을 깨달은 친구는 "아무튼 머릿속이 꽉 찬 느낌이에요."라고 작은 목소리로 말했다. 여자는 단호하게 "그러면 다음 예약을."이라고 말하며 날짜를 정했다.

그 이야기를 들은 우리는 "쓸데없는 얘기는 주절주절하는 게 아냐. 자기 무덤을 파는 일이라고. 웃기려는 농담도 금지. 상대는 진지하니까."라고 엄하게 주의를 줬다. 친구는 두 번째 카운슬링에서는 신중하게 발언하여 바움쿠헨 그 이상의 문제를 일으키지 않았고 정신건강의학과에 통원치료를 받을 필요가 없어졌다.

대체 어떻게 해야 좋을지 몰라 난처해하던 친구에게 또 다른 정보가 흘러 들어왔다. 바로 호메오파시(homeopathy: 약 200년 전 독일 의사가 생각해낸 치료법으로 질병을 일으키는 독이 있는 성분의 곤충, 식물, 광물 등을 희석하여 알약 형태인 레미디를 만들어 복용한다 - 옮긴이)였다. 호메오파시는 단순히 증상만 치료하는 것이 아니라 증상이 생긴 원인이 무엇인지 파악하여 동종요법으로 정신적인 부분을 포함한 병을 치료하는 대체요법이다. 비소나 투구꽃을 사용하는 경우도 있다고 들은 적이 있다. 친구의 지인 중 몇 살 연상인 여성도 갱년기 장애에 시달리다가 호메오파시를 받았다고 했다. 체내의 독소가 배출되느라 그런지 얼굴이 빵빵하게 부어서 문페이스(스테로이드의 대표적인 부작용으로 얼굴이 보름달처럼 둥글게 붓는다. 월상안이라고도 부른다 - 옮긴이)가 되었다. 그 후 일이 바빠서 호메오파시를 그만두었지만 친구에게 "이런 것도 있다더라."라고 알려줬다는 것이다. 친구는 조금이라도 빨리 몸 상태를 회복하고 싶어 했다. 예약이 몇 개월 밀려 있는 상황이었지만, 아는 사람의 소개로 간 덕분에 예약 취소가 생겼을 때 먼저 진료를 받을 수 있게 되었다.

제일 먼저 친구를 맞이한 것은 엄청난 양의 문진이었다. 현재 자신의 증상뿐만 아니라 자신이 태어날 때 어머니가 순산하셨는지 아니면 난산으로 고생하셨는지 물어보는 질문도 있었다고 한다. 문진 결과에 따라 그곳에서는 몸 마사지와 천연 재료를 조합한 알약으로 된 레미디를 처방했다. 선생님은 "일주일 분으로 일단 일곱 개를 드릴 텐데요, 어쩌면 이 일곱 개만 먹어도 나을 수도 있어요."라고 말했다. 지금까지 몇 년 동안이나 고생해온 갱년기 장애인지 모른다. 얼마나 많은 것을 복용해왔는지. 게, 클로렐라, 순무절임……. 획기적인 효과가 있었던 것은 하나도 없었다.

"겨우 일곱 개? 일주일 만에?"

과연 그럴까? 고개를 갸웃거렸지만 그렇게 되기만 한다면야 얼마나 기쁠지. 어떤 성분을 조합했는지는 아직은 비밀이라고 했다. 기대에 부풀어 하루, 이틀 꼬박꼬박 복용했다. 사흘째 만났을 때 친구는 그 어느 때보다도 밝은 얼굴이었다.

"나은 것 같아."

"뭐어? 정말?"

"응. 머릿속이 꽉 막혔던 느낌이 전혀 달라졌어. 그리고 수면 유도제를 먹지 않아도 잠들 수 있게 되었어."

기분도 좋은지 꽤 들뜬 모습이었다.

"그거 엄청나네."

"정말 그래."

"안에 어떤 성분이 들었든 간에 낫는다면 자기에게 맞는 거였단 얘기네."

"맞아, 그렇겠지."

공황장애를 일으켰을 때 레스큐 레미디를 입안에 넣으면 기분이 괜찮아졌다고 했으니 그런 계열의 치료법이 몸에 맞을지도 모르겠다. 증상이 낫기만 한다면 우리도 기쁘겠지만 지금 결론을 내기에는 이른 것 같다는 이야기를 또 다른 친구와 나눴다. 지금은 말하자면 아직은 치료 중이다. 복용이 끝나고 최소 2주일에서 한 달 이상 지나도 같은 상태라면 나았다고 할 수 있다고 했다. 하지만 당사자는 지금까지 괴로웠던 증상에서 해방되어 잔뜩 들뜬 상태였다. 몸 상태가 나빴을 때와 비교해서 마음 상태의 기복이 큰 점이 조금 신경 쓰였다.

일주일이 지나 레미디 복용이 끝났다. 뜸 치료를 해주시는 선생님도 "굳었던 몸이 비교도 안 될 만큼 많이 풀렸네요."라며 감탄하셨다고 했다. 문제는 그 상태가 지속될 것인가이다. 비밀의 알약 성분은 현시점에서는 알려주지 않으셨다. 다음 달이 되어야 알려주신다고 한다. 지금으로서는 보충 설명이 필요한데, 그렇게 심했던 증상을 단 일곱 개만으로 개선시킨 성분이 무척 궁금하다.

"자, 과연 무엇으로 밝혀질 것인가?"

나는 그날이 오기를 간절히 기다리고 있다.

출구는 반드시 있다

무더운 여름이라는데도 올해는 특별히 냉증이 심해졌다. 마흔 살에 홍콩에서 발바닥을 마사지해주는 리플렉솔로지(Reflexology)를 받았을 때 "몸이 찬 편이네요."라는 말을 들었지만 스스로는 전혀 느끼지 못했다. 원래 가벼운 신경통이 있어서 특히 장마철에는 시큰시큰 아프기는 했다. 그렇지만 일상생활에 지장을 줄 정도는 아니고, 어머니에게 물려받은 체질이라 어쩔 수 없다고 생각하고 있었다.

그때도 갱년기라고 생각하지는 못했는데 그로부터 3년 정도 지나자 이번에는 땀을 무척 많이 흘리게 되었다. 이전과는 비교가 안 될 정도로 땀이 흘러서 도대체 왜 이렇게 많이 흐르는지 몰라 얼떨떨했다. 갑자기 얼굴이 달아오르면서 땀이 나기 시작하는 갱년기 핫 플래시 증상에 대해서는 알고 있었지만 나는 조금 달랐다. 여름철 셔츠나 블라우스 하나만 입고 있으면 몸 쪽 면이 흠뻑 젖을 정도로 땀이 났다. 지금까지 그런 일이 없었기 때문에 신기할 지경이었다. 다만 땀이 날 뿐 그 외에는 특별히 컨디션이 나쁘거나 다른 증상이 나타나지는 않았다. 짙은 색 셔츠를 입으면 땀이 밴 것이 선명하게 보이기 때문에 땀을 흡수하는 패드가 붙어 있고 빨리 마르며 땀을 잘 흡수하는 천으로 된 속옷을 골라 입었다. 그 후로는 땀을 그다지 신경 쓰지 않아도 되었는데, 문득 생각해보니 최근 한두 해 사이에 나도 모르게 증상이 사라져 있었다. 일시적으로 '땀, 나갈게요!' 상태였나 보다. 이것도 갱년기 증상 중 하나였는지 모른다.

그리고 대량의 땀 다음으로 냉증이 찾아왔다. 냉증이 심해지는 것을 스스로도 느낄 수 있을 정도였다. 나는 신경통 때문에 잠잘 때를 제외하고는 무조건 여름철에도 양말을 신었다. 어쩌다 한 번 맨발로 몇 시간을 지내는 일은 있지만, 하루 종일 맨발로 있는 날은 전혀 없다. 우연히 구입한 오가닉 코튼으로 된 발가락 양말이 무척 품질이 좋고 발이 따끈따끈해서 애용하고 있다.

지금까지 집에서는 에어컨을 전혀 사용하지 않았기 때문에 전철에서나 외출한 곳의 실내 냉방만 신경을 쓰면 괜찮았다. 에어컨을 사용하지 않은 이유는 에어컨이 신경통을 일으키는 주범이기 때문이기도 하지만, 리모컨이 고장 나 사용할 수 없었기 때문이기도 했다. 그런데 해를 거듭할수록 무더위를 견디기 힘들었다. 그러다 마침내 기온이 38도를 기록한 올해는 고장 난 리모컨을 손에 들고 "사용할 수 없으려나."라며 뚫어지게 쳐다보게 되었다. 지금 살고 있는 맨션에는 원래 에어컨이 침실에 한 대, 거실에 한 대 설치되어 있다. 침실 에어컨은 사용할 수 있지만, 잠 잘 때는 사용하고 싶지 않다. 오래된 모델이라 대체품도 없어 어떻게 안 될까 싶은 마음에 드라이버를 들고 분해했다. 그렇게 이리저리 만지는 사이에 놀랍게도 리모컨을 고쳤다. 무더위에 에어컨을 사용할 수 있게 된 일은 내게는 오랜만에 생긴 기쁜 일이었다.

그래도 아무튼 냉증으로 고생할까 무서웠으므로 하루에 15분 정도만 사용했다. 가장 덥다고 느껴지는 시간대에 창문을 활짝 열어놓고 에어컨 설정 온도를 22도 정도로 하여 시원하게 느껴지는 자리를 서성인다. 조금이라도 시원한 바람을 맞으면 인간은 제법 만족하는 존재다. 위에는 반팔 티셔츠를 입었지만 아래는 발가락 양말에 무명 바지. 다리는 절대로 내놓지 않는다. 그리고 잠자기 전에 반신욕을 해서 땀을 흘린다. 이렇게 하면 잠자는 동안 땀을 많이 흘리지 않으므로 아침에 일어났을 때 쾌적하다.

나름대로 신경을 쓴다고 해도 웬만해선 몸이 좋은 상태가 되지 않는다. 갱년기 장애를 겪고 있는 사람들이 나를 본다면 어떤 순간에도 5분 만에 잠들기 때문에 "충분히 양호한 편이잖아."라고 화낼지도 모르겠지만, 그래도 냉증은 심각하다.

이를테면 바람이 잘 통하는 저녁 무렵, 기분이 좋다고 방충망 앞에서 오랜 시간 시원한 바람을 쐬면 나중에 문제가 일어난다. 땀이 식으면서 관절이 아파온다. 지금까지 신경통은 겨울철에 주로 나타났다. 겨울철에는 춥기 때문에 몸이 차가워지는 것이 당연하다. 그런데 여름철 신경통은 체감으로는 무척 더운데 뼛속은 차갑다. 몸 안쪽에서부터 시큰시큰 아프다.

"이건 뭐 더운 건지 추운 건지 알 수가 없잖아!"라고 스스로에게 짜증을 내면서 아픈 관절을 주무르고 문지른다. 몸을 따뜻하게 해주면 된다는 건 알지만 유감스럽게도 지금은 한여름 무더위가 기승을 부리고 있다. 이 계절에 탱크톱에 반바지만 입고 맨발로 에어컨을 빵빵하게 틀어놓은 실내에서 아이스크림을 먹고 있다 해도 전혀 문제없어 보일 것이다. 오히려 여름철에 당연하게 볼 수 있는 모습이다. 반면 나는 두꺼운 반소매 티셔츠에 발목까지 덮는 바지를 입고 발가락 양말을 신은 채다. 에어컨도 하루에 15분만 틀고 아이스크림은 몸이 차가워지므로 먹지 않는다. 그러니 대체 무엇을 더 해야 좋을지 알 수 없다. 긴소매 티셔츠를 입어야 할까? 보온을 위한 속옷 바지를 하나 더 입어야 할까? 그렇게 하면 이번에는 체내에 열이 쌓여 열사병에 걸리지 않을까 걱정된다. 물을 자주 마시고 되도록 땀을 흘린다. 그런데도 신경통은 생긴다. 이것도 갱년기 증상 중 하나로 여기며 반쯤 포기해도 사실 유쾌하지는 않다.

몸 상태가 날씨에 영향을 받게 되었다. 올 여름은 친구를 만날 때마다 "오늘 날씨 왜 이러니."라며 한숨을 쉬었다. 젊었을 때는 어째서 중장년 여성들은 얼굴만 마주치면 날씨 이야기를 하는지 신기해했다. '시작부터 사적인 이야기를 꺼내면 예의에 어긋나기 때문에 무난하게 날씨 이야기를 꺼내서 각자 관심 있는 화제로 이어가는 걸까?' 하고 일본인이 다른 사람을 대하는 문화에 대해서 생각해보기도 했다. 분명 그런 면도 있겠지만, 중장년 여성들에게는 날씨가 중요하다. 빨래 등의 가사에도 영향을 주지만 몸 상태에도 영향을 주기 때문이 아닐까 싶다. 중장년 여성에게 날씨는 가벼운 인사치레를 위한 것이 아니라 중요한 관심사였다.

나도 이제 날씨에 영향을 받는 나이가 되었다. 젊었을 때에도 비가 내리면 신경통이 생기긴 했지만 특별히 날씨에 신경을 쓰지는 않았다. 하지만 이 연령이 되면 비가 추적추적 그치지 않고 내리거나 연일 무더위가 이어지면 무조건 찌뿌둥하다. 몸이 무겁게 느껴진다. 그냥 덥기만 하다면 괜찮지만 습도가 함께 높으면 괴롭다. 내 신경통은 습기와 냉기와 함께 온다고 해도 좋을 정도다.

　무더위 속에서 "이 더위 어떻게 좀 안 될까?"라고 투덜거리는 우리 옆에 밝은 표정으로 앉아 있는 사람은 호메오파시를 받은 친구뿐이다. 친구는 부쩍 몸 상태가 좋아졌기 때문에 이제 다 나았다고 일방적으로 선언했지만 주위의 반응은 싸늘했다. 일주일 동안 레미디를 복용한 후 상태가 조금 흔들리기는 했다. 습도가 높은 날이나 일로 스트레스가 쌓였을 때는 머리에 뭔가 가득 들어 있는 듯한 느낌이 되살아났지만 이전과 비교도 안 될 만큼 편하다고 한다. 겉으로 보기에도 안색이 이전보다 훨씬 좋아졌다. 갱년기 장애 때문인지는 모르겠지만 매년 야위어 갔는데, 기분 탓인지 얼굴에 살도 오른 것처럼 보였다. 여러 해 동안 갱년기 장애에 시달렸으니 몸 상태가 좋아지면 당연히 기쁠 것이다. 그쯤에서 몸을 살피면 좋을 텐데 친구는 기분이 좋다면서 술을 계속 마셨다. 알고 지낸 지 오래되어서 어쩔 수 없지만, "그렇게 방심하다가는 다시 증상이 도질지도 몰라."라고 말해도

"정말로 이전과는 전혀 컨디션이 달라."라고 답하니 대화의 초점이 좀처럼 맞지 않는다. 이 정도 되면 다른 사람이 이러니저러니 말할 수 있는 문제가 아니다. 저러다 다시 몸이 안 좋아져도 본인 책임이다. 하루 종일 일정이 없는 날에도 집에 가만히 있으면 괴롭다며 외출하는 것을 좋아하는 성격이라 안정을 취하기 힘들다. 호메오파시든 무엇이 되었든 그것은 증상을 호전하는 데 조금 도움을 줄 뿐 치료는 본인 하기에 달렸다.

그 후 친구의 몸은 다시 안 좋아졌다. 뭐, 어쩔 수 없는 상황이다. 호메오파시 선생님께 상담했더니 선생님은 "컨디션이 조금 좋아졌다고 술을 마시거나 무리해서는 안 돼요."라고 단호하게 말씀하셨다고 한다. 그리고 그날 본인이 다 나았다고 확신할 만큼 효과가 있었던, 일주일 동안 복용한 레미디의 성분에 대해서도 들었다. 식물성 성분 세 종류에 주석, 유황, 독사의 독, 오징어 먹물이 배합된 것이라고 했다.

"하, 독사라니……."

독사의 독이든 황소의 똥이든 낫기만 한다면 본인에게 맞는 것이다. 그리고 다시 상태가 안 좋아진 지금은 오징어 먹물 성분만 들어 있는 레미디를 처방받았다. 오징어 먹물이 여성 호르몬 균형을 잡아준다고 했다. 그 이야기를 들은 내가 "그러면 오징어 먹물 파스타를 먹으면 갱년기 여성에게 좋은가?"라고 말하자 친구도 그 자리에서 완전히 똑같은 질문을 선생님께 했단다.

"아니요, 그것과는 전혀 달라요!"

선생님은 딱 잘라 아니라고 하셨다고 한다. 그 새까만(사실 엄밀하게 말하자면 세피아이니 갈색이지만) 먹물이 갱년기 장애에 효과가 있다면 내가 좋아하는 음식이기도 하니 매일 이가 까맣게 되더라도 오징어 먹물 파스타를 먹겠다. 전혀 다르다고 해도 성분은 같으니까 먹지 않는 것보다는 먹는 편이 좋지 않을까. 분명 오징어 먹물 소스에는 올리브오일도 섞여 있으니까 순수한 성분이라고 할 수는 없다. 하지만 다른 성분이 조금 섞여 있다 해도 효과가 있지 않을까 기대해본다.

친구의 갱년기 장애는 정말로 괴로워 보였다. 점점 살이 빠지다 보니 "얼굴이 거의 죽을상이 되었다"는 소리까지 들었다. 그랬던 친구가 수면 유도제를 먹지 않아도 매일 밤 잠을 잘 수 있고, 휘청거리지 않고 외출할 수 있게 되었다. 본인이 조금만 더 몸을 조심했다면 더 좋은 결과가 나왔을지도 모르지만, 가만있지 못하는 성격이니 이 정도로도 다행이다. 나는 냉증으로 조금 곤란한 정도지만, 앞으로 어떤 심각한 증상이 나타난다면 여유로운 마음으로 여러 가지 방법을 시도해보고 싶다. 그리고 몸 상태가 아무리 괴롭고 지옥 같다 해도 반드시 출구를 찾을 수 있으리라는 생각에 기분이 가벼워졌다.

세수를 하면서 유심히 얼굴을 보니 확실히 이
전보다 늙어 있었다. 안타깝지만 당연한 일이라 생각한다. 그렇
다고 보톡스를 맞겠다든가 쁘띠 성형을 해야겠다는 생각은 전
혀 들지 않지만, "어쩌다 이렇게……."라고 어안이 벙벙하기는
하다. 우선 "어째서 이렇게나 모공이 열리는가?" 하는 문제가
급부상했다.

젊었을 때 들은 정보에 따르면 모공이 열리는 사람은 지성 피
부인 경우가 많다고 했다. 나는 어렸을 때 여드름도 나지 않았고

스물네 살이 될 때까지 피부 트러블이 거의 없었기 때문에 모공 문제는 전혀 없었다. 그런데 갱년기가 된 지금은 문득 거울을 보면 "으악." 하고 질겁한다.

"얼굴에 모공이 이렇게나 많았나?"라며 깜짝 놀란다. 그것도 "하나, 둘⋯⋯." 하고 셀 수 있을 정도로 또렷하게 보인다. 노안이 오는 시력으로 이렇게 확실히 보이니 보통 시력인 사람이라면 홍백가합전에서 사람 수를 세는 일본야생조류협회 사람들처럼 바로 셀 수 있지 않을까 싶을 정도다(홍백가합전은 매년 12월 31일 밤에 NHK에서 방송하는 가요 프로그램이다. 여성 아티스트가 홍팀, 남성 아티스트가 백팀으로 나뉘 출연하고 유명인으로 구성된 심사위원, NHK홀에 참석한 관객, 시청자 등의 투표로 승리 팀을 결정한다. NHK홀에 있는 관객이 손 팻말을 들어 투표하면 일본야생조류협회 사람들이 그것을 세어 집계하는 역할을 한때 담당했다 - 옮긴이). 이 나이가 되어 나는 건조한 피부가 되었다. 윤기가 사라지고 여기저기가 퍼석퍼석하다. 이전에도 썼듯이 겨울철에는 각질마저 날린다. 그런데도 모공이 열려 있다. 분명히 건조한데 지성 피부일 수도 있나 싶어 고개를 갸웃거렸다.

화장품 정보에 밝은 친구에게 물어봤더니 이 친구가 무슨 말을 하는 건가 싶은 표정으로 "피부 탄력이 떨어져서 그런 거야." 라고 한마디 툭 내뱉었다. 슬프게도 중년 여성의 피부는 축 늘어져 모공을 열고 닫는 조절 기능이 약해져 모공이 열린 채로 있게 되는 모양이다. 모공을 닫아주는 효과가 있다고 알려진 수렴 화장수라는 것이 있다는데, 그런 것을 사용했으면 조금은 달랐을지도 모른다. 하지만 지금은 알레르기 문제 때문에 기초화장품을 고를 때에는 피부에 좁쌀 같은 것이 돋지 않는 것을 최우선으로 생각하기에 수세미 추출물 백 퍼센트로 된 제품을 사용하고 있다. 트러블은 전혀 생기지 않지만 모공을 닫아주는 부가 기능은 없다.

"안티에이징이 유행이라 굉장히 많은 화장품 종류가 있어. 이십대 후반부터 사용하는 사람도 많다더라. 하지만 피부가 늙는 건 어쩔 수 없어. 관리를 안 하는 것보다는 하는 편이 나을지 모르지만. 넌 피부 알레르기가 있으니까 아무것도 안 하는 게 좋을 거야."

"그럼 내 모공은 열린 채로 있어야 한다는 거야?"

"따뜻한 물 말고 차가운 물로 세수를 하면 조금 나을지도 몰라."

차가운 물로 꽉 조이는 건가. 요리에서 자주 사용하는 방법이다.

"아참."

갑자기 떠올랐다는 듯이 그녀가 말했다.

"있잖아, 젊었을 때는 모공이 동그란데 나이를 먹으면 모공도 중력을 이기지 못해서 타원형이 된다더라."

정말로 예뻐해 줄 수 없는 모공이다.

나의 고우타와 샤미센 스승님은 내년이면 팔순을 맞는데 나이보다 무척 젊어 보인다. 일본 전통 음악을 하는 사람은 남녀 불문하고 장수하는 사람이 많은데, 스승님이 말씀하시길 고령이 되었을 때 여성은 주름이 생기는 유형과 피부가 늘어지는 유형이 있다고 하셨다. 주름이 생기는 유형은 얼굴에 깊은 주름이 생기고, 늘어지는 유형은 눈에 띄는 주름은 생기지 않는 대신 턱 주위 살이 축 늘어진다고 했다.

"불도그를 떠올려 보면 알기 쉬우려나. 그런 느낌으로 얼굴형이 변해."

극단의 선택이다. 얼굴 윤곽이 변형되면 인상이 상당히 변하므로 주름이 생기는 편이 좋을까 싶었지만 나는 얼굴이 평평하고 주름이 적은 유형이라 어느 쪽일지 예상해보자면 처지는 방향으로 갈 가능성이 크다.

"그렇다면 모공이 열린 불도그인가."

앞날이 깜깜하지 않은가. 할 말을 잃은 나에게 스승님은 "여배우 ○○ 씨에게서 들었는데."라며 모 유명 배우의 이름을 입에 담으셨다.

"성형은 한 번에 다 하면 사람들이 눈치 채기 때문에 조금씩 여러 번에 나눠서 한다더라고. 그러면 사람들이 잘 모른다나봐."

"아아."

얼굴이 상품인 여배우는 외모가 사활이 걸린 문제로 발전할 수도 있으니 그런 방법도 있겠구나 싶었다. 하지만 나는 얼굴을 상품으로 먹고 사는 것도 아니므로 성형을 할 필요는 없다. 하지만 모공이 열린 채로 괜찮을까 염려는 된다.

우선 세수할 때 사용하던 미지근한 물을 차가운 물로 바꿨다. 지금까지 미지근한 물에 익숙해져 있던 피부가 깜짝 놀랐는지 모공은 조금 덜 보이게 되었다.

"좋아, 좋아."

은근히 기뻐하고 있을 때 이번 무더위가 찾아왔다. 땀을 흘리니 어쩔 수 없는 일이지만 이미 모공은 열린 것으로도 모자라 활짝 만개했다. 집에 있을 때는 얼굴에 아무것도 바르지 않기 때문에 완전히 맨 얼굴을 그대로 드러내고 있다.

"덥다, 더워."

땀을 닦으면서 문득 거울을 보면 모공이 열린 얼굴이 멍하니 이쪽을 바라본다. 내가 보기에도 무지무지한 얼굴이다. 만약 남성 동거인이 있었다면 백년의 사랑도 식어버릴 것 같다.

"아, 우리 집에는 고양이가 있어서 다행이야."

안심하면서 결혼 생활을 이어가는 부부는 또 다른 의미로 대단하다고 감탄했다.

차가운 물 세안으로 모공 문제는 조금 개선되었지만, 그렇다고 해도 문제의 30퍼센트밖에 해결되지 않았다. 외출할 때는 화장을 하는데 화장을 해도 모공이 잘 보였다. 놀랍게도 맨 얼굴일 때보다도 더 잘 보일 때가 있다. 얼마 전에 평소처럼 피부에 부담이 되지 않는 점토성분으로 만들어진 자외선 차단 크림을 바르고 그 위에 파우더 파운데이션을 퍼프에 묻혀 가루분처럼 두드렸다. 이전에 파운데이션에 들어 있는 스펀지를 사용해서 발랐더니 모공이 엄청나게 잘 보여서 메이크업 전문가에게 물어봤었는데, 퍼프에 묻혀 가볍게 피부에 두드려 주는 편이 좋다고 하여 그렇게 해본 것이다. 그때는 그 방법으로 화장을 하면 모공이 잘 안 보였는데, 지금은 당당하게 모공이 자기주장을 한다. 2년 전보다 모공이 확대된 것일까? 시험 삼아 위에 자꾸만 덧발랐더니 점점 더 뚜렷하게 모공이 자기주장을 하면서 화장은 두껍고 모공은 눈에 띄는 최악의 상태가 되었다. 이럴 때 피부가 튼튼한 사람은 모공을 안 보이게 해주는 베이스 크림이라든가 파운데이션 등을 사용하겠지만 지금까지 구입한 수많은 화장품이 피부염을 일으킨 나는 더 이상 화장품을 살 생각도 들지 않는다. 돈을 하수구에 버리는 꼴이라는 것을 알기 때문이다. 모공은 확실하게 내 얼굴에 자리 잡았다. 피부 호흡을 해주는 소중한 모공이지만 "사용하지 않을 때는 좀 닫아주시겠어요?"라고 부탁해도 보란 듯이 활짝 열어둔다. 최근에는 활짝 열어두지 않으면 안 될 정도로 몸속에서 나쁜 가스를 내보내야 하는 걸까 하고 불안해질 정도다.

얼마 전에 회의를 하고 돌아오는 길에 젊은 여성이 많이 모이는 잡화점에 들렀다. 가끔은 이런 가게를 둘러보면서 요즘 유행은 어떤지 시장조사를 해볼 생각이었다. 가게 안을 어슬렁거리며 보니 확실히 내가 가장 나이가 많았다. 수입품 잡화, 속옷, 장난감, 식품, 화장품 등이 있고 청소년과 20대 젊은 여자애들이 많았다. 진열대에서 두 종류의 파우더가 내 눈길을 끌었다. 하나는 오래전부터 유명한 무대 화장 전문 외국 브랜드에서 나온 파우더로 아시아 여성을 위해 개발하여 피부가 깨끗하게 보인다고 한다. 그리고 또 하나는 일본 브랜드로 모공이 사라진다는 홍보 문구를 단 파우더였다. 민감 피부라 리퀴드형으로 된 제품은 아무래도 사기가 망설여진다. 그대로 피부에 흡수되어버릴 것 같은 기분이 들기 때문이다. 하지만 파우더 제품은 흡수되지 않고 피부 위를 덮어주기만 할 것 같은 기분이 들어 사볼까 싶은 마음이 든다. 나는 딸 정도 될 법한 나이의 여자아이들과 함께 한참 동안 화장품을 살펴봤다. 표시된 성분을 체크해보니 피부에 부담을 주는 내가 알고 있는 성분이 아닌 처음 보는 성분명만 잔뜩 표시되어 있어 좋은 건지 나쁜 건지 알 수 없었지만 일단 그 두 종류를 구입했다.

집으로 돌아오자마자 발라보기로 했다. 우선 무대 화장 전문 브랜드를 발라봤는데 자연스러운 느낌으로 피부를 확실히 커버해줬다. 하지만 시간이 지나면서 입 주변에 노안의 포인트라고 사람들이 말하는 팔자주름에 파우더가 쌓여 보여주고 싶지 않은 선이 얼굴에 떠올랐다. 다음날은 모공이 사라진다는 파우더를 발라봤다. 이 제품은 대단했다. 지금까지 써본 것 중에 가장 효과가 좋았다. 가볍게 두드리기만 했는데 피부가 무척 깨끗해 보이고 모공도 확실하게 감춰줬다. 그 비밀은 반짝이는 가루가 배합되어 있어 빛을 반사시켜 착시로 모공이 보이지 않게 눈속임을 해준다는 것이었다. 반짝이는 정도도 나쁘지 않았다. 하지만 나는 불안했다. 지금까지 경험에 따르면 사용감이 좋고 효과가 높은 화장품일수록 피부에 맞지 않았다. 이 제품도 그럴지도 모른다고 걱정을 했더니 아니나 다를까 저녁 무렵에는 가렵기 시작했다. 바로 화장을 지워보니 기대를 저버리지 않고 여기저기 빨갛게 좁쌀 같은 것이 돋아 있었다.

그렇게 중년이 된다

만약 이 제품이 피부에 맞았더라면 평생 사용할 생각이었는데 진심으로 실망했다. 그런데 문제가 일어났다. 다음날 아침 거울을 보니 얼굴이 묘하게 빛났다. 루페를 사용해서 자세히 봤더니 완전히 씻어내지 못한 가루가 모공 깊이 들어가 있는 것이었다. 피부 표면이 매끈하다면 화장은 깔끔하게 싹 지워진다. 하지만 여기저기 모공이, 그것도 타원형에 깊이가 깊은 구멍이 뻥 뚫린 부분에 미립자 가루가 들어가면 쉽게 빼낼 수 없다. 말하자면 개미지옥에 빠진 개미와 같은 상태다.

그로부터 사흘 동안 내 얼굴은 원하지 않아도 반짝 반짝 빛났다. 모공 문제는 나를 괴롭히고 있지만 그 사이 노안도 진행될 테니 열린 모공은 계속 또렷하더라도 내 눈에는 점점 보이지 않게 되겠지. 나는 모공 문제는 그렇게 소극적인 방향으로 해결하기로 했다.

누
구
나
죽
는
다

갱년기라는 연령대는 부모님이 돌아가시거나
아니면 간호를 해야 하기도 하고, 아이는 진학이나 취업을 하는
등 생활에 있어 다양한 변화가 일어나는 시기다. 이일 저일 신경
써야 할 일은 많고 거기에 더해 무엇보다 자신의 몸 상태가 마
음 같지 않으니 머리가 폭발할 것처럼 느껴질지도 모른다. 내 주
변에는 부모님이 세상을 떠났다든가, 부모님을 간호하느라 힘
든 사람보다도 동년배 친구나 나이 어린 친구가 세상을 떠나는
일이 많다. 그것도 30대에 병원에 입원해서는 퇴원하지 못하게

그렇게 중년이 된다

된 경우처럼 놀랄 만큼 젊은 사람들이 세상을 떠나기도 했다. 나보다 나이가 많은 사람도 입원했다가 무사히 퇴원하여 사회 복귀하는 경우가 많은데 젊은 사람은 좀처럼 그러지 못한다. 옛날에는 주로 중장년이 걸렸던 병에 걸리기도 한다. 메이지 시대(1868년~1912년)는 물론이고 다이쇼 시대(1912년~1926년)부터 쇼와 시대(1926년~1989년) 초기에 태어난 사람들은 신체 구조가 다른가 보다는 생각을 해봤다. 나이가 어린 사람일수록 체격도 좋고 겉으로 보기에는 튼튼해 보이지만 뭔가 병에 걸리면 회복력이 떨어진다. 지금까지 장수하고 있는 메이지나 다이쇼 시대에 태어난 사람과 쇼와 한 자리 연도에 태어난 사람 가운데 건강한 사람은 살아 있고, 건강이 따라가지 못한 사람은 이미 세상을 떠났을 것이기 때문에 연령이 다른 사람을 서로 비교하는 것은 무의미하지만, 확실히 끈질긴 생명력이 시대별로 다르다는 느낌이 들었다.

아흔여섯 살에 돌아가신 할머니께 들은 이야기에 따르면 여학교 시절에 몇 킬로미터나 되는 거리를 늘 게타를 신고 걸어서 통학했다고 한다. 그렇게 계속해서 몇 년을 다니면 철로 된 게타를 신고 훈련하는 가라테 소년까지는 아니더라도 다리와 허리가 단련될 것이 분명하다. 요즘은 아이들에게 스포츠 트레이닝을 시킨다면서 부모가 자동차로 데려다 주고 데리고 오는 이해할 수 없는 상황을 보는데, 과연 몸에 좋은 건지 나쁜 건지 잘 모르겠다. 아무튼 사람들이 별로 걷지 않게 된 것은 사실이다. 산책이 일상이었던 나도 올여름 무더위에 기가 질려 체력 보존을 꾀하고 있었더니 산책에서 완전히 멀어져버렸다. 체력을 보존하여 튼튼해졌느냐고 하면 그렇지도 않고, 찜통 같은 늦더위에 지쳐가고 있다. 나는 남들에게 자주 "건강하시네요."라는 이야기를 듣는데 사실 특별히 건강한 체질은 아니다. 굳이 말하자면 대가 약한 편이다. 이런 사실을 스스로 알기 때문에 절대 무리하지 않으려 한다. 건강한 것이 아니라 그저 현상유지를 추구하고 있을 뿐이다. 그 때문인지 몸 상태가 좋고 나쁜 파동이 거의 없다. 몸 상태의 진폭이 커지면 대가 약하기 때문에 중심을 잡지 못하고 상태가 나쁜 쪽으로 끌려가기 쉬우므로 무조건 보통, 보통만을 목표로 하고 있다. 물론 감기에 걸리거나 과식을 할 때도 있지만 그런 것은 전부 원인을 아는 증상이다. 몸 상태가 좋고 나쁨이 극단인 상태는 견딜 수 없고, 그렇게 되면 회복에 시간이 걸리기 때문에 성질이 급한 나는 회복하는 과정이 성가시게 느껴져서 어찌할 바를 모르게 된다. 그렇다 보니 평온을 제일 중요하게 여기고 매일 주의를 기울여 무리는 절대 금지하며 지낸다.

반드시 지키는 일은 가능한 날짜가 넘어가기 전에 잠을 자

그렇게 중년이 된다

는 것. 충분한 수면만 취한다면 나머지는 어떻게든 될 것 같은 기분이 든다. 해가 지면 일은 하지 않는다. 또 과식도 가능한 피하는데 나는 무심코 과식하는 경향이 있으므로 그것을 가장 신경 써야만 한다. 특히 달콤한 음식을 과하게 먹으면 반드시 몸상태가 나빠지므로 많이 먹어서는 안 된다고 생각하면서도 일을 하다 보면 어쩔 수 없이 단 것이 먹고 싶어지고 바쁘면 바쁠수록 먹는 양이 많아진다. 그 부분의 균형을 아직도 쉽게 맞추지 못하는 것이 고민거리다. 특별히 운동도 하지 않고, 산책도 다시 시작하지 않은 상태라 선선해지면 무엇이라도 해야 한다. 몸을 움직이고 싶은 욕구는 있지만 좀처럼 움직이지 못하고 늘 불완전연소 상태인 느낌이다.

호메오파시로 갱년기 장애 증상이 믿을 수 없을 만큼 호전되었던 친구는 몸 상태가 다시 이전 상태로 돌아가 버렸다. 그렇게 된 데에는 그녀의 책임이 크다. 호전되었으면 그 상태를 유지하기 위해 조심했어야 하는데 쉬기는커녕 "나았어, 다 나았다고." 라고 기뻐하며 일을 시작했다. 분명히 과로로 몸에도 나쁜 영향을 끼쳤으면서 다시 그 나쁜 상황으로 돌아갔다. 눈을 멀쩡히 뜨고도 지저분한 습지에 몸을 던진 꼴이다. 주위 사람들이 아무리 충고해도 이런저런 이유를 붙여 일정을 잡았다. 그것을 보고 우리는 "쟤는 안 되겠어!"라고 손을 뗐다. 본인이 신경을 쓰지 않는 한 다른 사람이 어찌해줄 도리가 없다. 그러니 쓰러진다고 해도 본인 책임이다. 그녀가 호메오파시로 몸 상태가 좋아졌다며 다른 친구에게 소개하여 그 친구도 호메오파시를 받으러 다니기 시작했다. 그런데 치료사가 "저렇게 자신의 몸에 무방비한 사람은 처음이에요."라고 말했다고 한다. 사람은 보통 자신에게 마이너스가 될 만한 일은 피하려고 하는 법인데 그녀는 그것을 전부 받아들인다. 그리고 복잡한 원인이 얽히면서 몸 상태를 망치게 되는 것이다.

"역시 쟨 안 돼."

그런 천성은 평생 고치지 못할지도 모른다. 그녀 나름대로는 담배를 끊어보기도 했지만 그것만으로는 보완이 안 되는 정신적인 부분이 영향을 미치고 있을 것이다. 만약 내가 그녀였다면 그렇게나 괴로운 갱년기 장애를 경험하다 겨우 그 증상이 사라졌다면 절대로 이전 상태로 돌아가지 않도록 신경을 쓸 것이다. 아무리 술을 잘 마신다고 해도 거침없이 마신다거나 심야까지 어울려 마시는 일은 생각도 할 수 없다. 이렇게 생각이 다른 것은 천성이 다르기 때문이다. 개인적인 것이니 어느 쪽이 좋다 나쁘다 할 수 있는 문제는 아니다. 천성이기 때문에 어쩔 수 없다.

그렇게 중년이 된다

"몸이 안 좋아져서 우리에게 신세지지만 않았으면 좋겠는데……."

물론 친구의 몸이 나빠지면 우리끼리 결성한 독신 중년 여성 상조회 멤버로서 당연히 걱정하며 이것저것 도와준다. 아니나 다를까 며칠 전에도 샤워를 하던 도중에 속이 안 좋다며 친구를 부르는 사건이 일어났다. 질리지도 않는 그녀는 막내이고 우리는 장녀라 그런 부분에서도 차이가 있는지도 모른다. 어쨌든 친구이니 몸이 안 좋은 건 걱정이 되지만 그녀에 대해서는 "무슨 일이 일어나도 네 책임."이라고 말해주기로 정해됐다. 호메오파시를 받고 놀라울 만큼 회복되었는데 자신의 행동 때문에 다시 이전 상태로 돌아가다니 누가 잘못했는지는 명백하다.

몸 상태가 안 좋아졌다고 한창 그녀가 이야기하고 있을 때 그녀의 오래된 지인이 위독하다는 연락이 왔다. 스무 살 무렵 산속 오두막에서 생활하던 때에 한솥밥을 먹은 동료 여성으로 나이는 예순 셋이다. 그 여성의 연하 남편도 작년에 병을 진단받았는데 지금은 소강상태를 유지하면서 투병 중이라 계속 간호해왔다고 한다. 건강하다고만 생각했는데 놀랍게도 갑자기 몸 상태가 나빠져서 8월 10일에 입원해 검사해본 결과 폐암을 진단받았다. 옛날부터 골초였다고 한다. 그리고 약 한 달 후 위독하다는 연락이 왔다. 우리는 서둘러 그녀가 입원해 있다는 지방 병원을 찾아갔다. 가보니 얼음주머니를 옆에 두고 열을 식히고 있기는 하지만 건강해 보이고 식사도 잘 하고, "이나 닦을까."라며 스스로 전동칫솔로 이도 닦았다. 그 모습을 보고 혼자서 움직일 정도면 아직은 괜찮겠다고 안심하며 도쿄로 돌아온 다음날 세상을 떠났다는 연락을 받았다. 종종 건강하던 사람이 상태가 급변하여 세상을 떠났다는 이야기를 듣지만 그런 일이 실제로 있겠느냐며 고개를 저으며 의심했다. 그런데 그런 일이 실제로 일어났다. 병상에 누워 일어나지 못하던 사람이 아니라 혼자서 움직일 수 있던 사람이 이틀 후에 세상을 떠날 것이라고는 도저히 생각할 수 없었다. 사람의 몸에서는 대체 어떤 작용이 일어나는지 무척 불가사의하다. 옛날 친구와 재회하고 안심했는지 어떤지 원인은 모르겠지만, 인간의 내일은 정말로 알 수 없는 일이구나 싶었다. 그 여성은 투병 중인 남편을 추월하듯 세상을 떠났다.

최근 나는 갱년기 장애보다 죽음에 대해 자주 생각한다. 심각한 증상이 나타나지 않기 때문에 죽음에 대한 생각을 할 여유가 있는지도 모른다. 올해는 젊은 친구가 스스로 목숨을 끊은 일도 있었고, 동년배인 사람이 잇달아 세상을 떠나기도 해 죽음이 가까운 일이 되었다고 이전 글에도 썼다. 나는 묘지가 없어도 괜찮

그렇게 중년이 된다

고, 장례식을 하지 않아도 된다고 생각할 정도이기 때문에 그런 부분에 대해서는 고민하지 않는다. 자식도 없고, 앞으로 결혼할 생각도 없다. 다툼이 일어날 만한 재산도 없기 때문에 그 부분도 문제는 없다. 나는 필요 없다고 생각하지만 장례식 정도는 참석하겠다고 주위에서 생각해줬는데 아무 준비도 안 되어 있으면 면목 없기 때문에 장례식 비용 정도는 남겨두지 않으면 곤란하다. 원래부터 사후의 일에는 관심이 없다. 단 한 가지 소망은 우리 집 고양이보다는 오래 살고 싶다는 것뿐이다. 그 소망만 이룬다면 다른 것은 아무것도 바라지 않는다. 그러나 수명이 다할 때까지는 살아가야만 하므로 남은 삶을 어떻게 할지가 가장 큰 문제이다.

젊었을 때는 죽음이 무서워서 도망치고 싶은 기분이었다. 평균 수명으로 따져보면 내 나이는 여전히 지금부터,라고 하지만 "그게 사실일까?"라고 의심하고 싶어진다. 젊은이보다 위험은 확실하게 많아졌으므로 도망치기보다는 받아들이는 방향으로 생각을 옮겨야만 한다. 더 이상 죽음을 무시할 수 없는 연령에 들어와 있다. 자신의 몸에 무방비하게 사는 것도, 방어하며 사는 것도 각자 사는 방식이지만 가능하면 남에게 폐를 끼치고 싶지 않다고, 그것만은 생각한다. 남은 사람을 위해 자신의 물건은 가능한 줄여놓지 않으면 곤란하다. 어디에 무엇이 있는지 누구나 알 수 있게 정리해둘 필요도 있을 테고, 그 전에 기본적인 정리정돈은 필요하다. 그런데 정리에 서툰 내 방은 상태가 말이 아니다. 특히 일이 바빠지면 방 안은 쓰레기통 상태. 빨래도 마른 순서대로 쌓아 올려 필요할 때 밑에서부터 주르르 잡아 당겨 빼내 입는다. 이렇게 칠칠치 못한 인간이 죽음에 대해 생각할 자격이 있는지 스스로도 의문스럽다. 그런 여유가 있다면 방을 정리하는 편이 좋지 않겠느냐는 목소리가 들려온다. 그 말 그대로다. 다만 나는 욕심이 남아 있어서 책도 전혀 처분할 수 없고 일상용품도 최소한으로 줄이지 못한다. 이런 상태로는 쌓아 올린 빨래 사이에 손을 찔러 넣어 바지를 끄집어내는 도중에 숨을 거두는 건 아닐까 하고 얼빠진 자신의 마지막을 상상하고는 갈팡질팡하는 나날이다.

　　　호메오파시를 받고 갱년기 장애가 개선된 친
구는 여전히 일이 바빠서 쉬는 날을 하루 이상 확보하지 못하고
어름어름 지내고 있다. 역시 일이 빡빡할 때는 머리가 무겁고 꽉
찬 느낌이 들고 문자 그대로 기분이 무거워진다고 한다.

　"지금 먹고 있는 건 '슬픔의 레미디'라고 불러."

　동물성 성분은 들어 있지 않고, 식물성 성분 세 종류가 조합
되어 있다고 한다. 그 '슬픔의 레미디'라는 이지 리스닝 음악 타
이틀 같은 이름의 알약을 복용하면서 그녀는 해외로 여행을 떠

낫다. 최근 주변에서 조금은 몸 상태를 생각하라는 잔소리가 심해져 자기 몸을 돌보기 시작한 것은 다행이다. 그래도 일은 매일 해야만 하니 세 걸음 전진했다 두 걸음 후퇴하는 상태다.

반면 나는 눈에 띄는 컨디션 변화는 없지만, 9월에는 다른 때보다 일이 바쁘고 특히 월말이 가까워지면서 매일 서른 장씩 원고를 쓰다시피 하는 시간을 보내야 했다. 월말에 겨우 일을 끝내고 한숨 돌리고서야 시력이 많이 나빠졌다는 사실을 깨달았다. 확실하게 노안이 진행된 느낌이 들었다. 아직은 노안 도수가 가장 낮은 시판 돋보기로 충분하지만 이전과 비교해 보면 보이는 정도가 분명히 달랐다.

"음……. 일을 너무 열심히 했나봐."

일은 약속이므로 그 약속은 꼭 지켜야만 하지만 그 후에 오는 타격은 상당하다. 갱년기 장애는 내 몸의 가장 약한 부분을 파고든다는 이야기를 이전에도 썼듯이, 집중해서 일을 하고 나면 문득 시선을 돌렸을 때 초점을 맞추기 힘들고 경치가 뿌옇게 보인다. 그리고 조금 지나야 또렷이 보이는데 일의 양이 확실히 내 눈이 감당해낼 허용량을 넘어섰다. 눈의 상태가 좋지 않다고 했더니 친구가 시야 협착인지 아닌지 테스트해보는 여러 가지 모양이 그려진 체크시트를 보여줘서 그것으로 검사해봤는데 특별히 문제는 없는 것 같았다. 안정피로가 심해진 게 아닐까 하고 생각했다.

그 후로 가능한 눈을 혹사시키지 않도록 멍하니 지냈다. 눈에 좋다는 얼굴 지압도 해봤다. 그렇게 자기 나름대로 관리를 하는 사이에 안정피로 때문에 잘 안 보이는 미묘한 느낌은 사라졌다. 그래도 안경 없이 잡지를 볼 때 초점을 맞추려고 하면 이전보다 조금 더 팔을 쭉 뻗어야 한다. 이대로라면 나의 이 짧은 팔 길이로는 초점을 맞추기 힘들어지지 않을까 걱정이 되었다. 이전에는 돋보기를 사용하든 안 하든 문자가 미묘하게라도 보이는 상태였는데 지금은 없으면 상당히 곤란하다. 돋보기의 도수를 하나 올리는 것도 시간문제로 보인다. 노안은 나이에 따른 증상일 뿐이고, 글을 읽고 쓸 때 이외에는 콘택트렌즈도 사용하지 않기 때문에 이 일을 하는 것치고는 시력이 좋은 것 같다는 이야기를 들은 적이 있다. 밤에는 절대로 일을 하지 않는데 이런 것도 눈에 나쁜 영향을 적게 주는 이유가 아닐까 싶다. 밤에 책을 읽으면 다음날 아침 눈이 무척 피곤하기 때문에 몸을 생각하자면 책 읽는 양을 줄여야 한다. 나는 "젊었을 때 많이 읽었으니까 괜찮아."라고 생각하기로 했다. 그래서 지금 책을 읽을 때 우선순위는 원고를 쓰기 위한 자료가 최우선, 그 다음이 개인적으로 읽고 싶은 책이다. 하지만 일단 자료가 필요한 일을 시작하면 읽어야 하는 책은 두세 권 정도에 그치지 않고 그 양이 종이 상자로 가뿐히 한 상자는 된다. 그것을 읽고 있으면 일하는 도중에는 좋아하는 책을 읽을 시간이 거의 없다. 그래서 밤에 조금씩 읽는데, '조금만 더, 조금만 더' 하며 읽는 양이 늘어나면 다음날 눈의 상태가 좋지 않다. 자신의 욕구에 끝까지 충실할 것인가, 몸을 생각할 것인가 선택하기 괴로운 문제다.

나는 정신적인 면으로는 자신에게 엄격한 편이지만 육체적인 면으로는 너그러운 성격이라 이미 예전부터 자신이 노인이라고 생각하며 몸을 돌보고 있다. 가끔 과잉보호하는 건 아닌가 싶어 반성할 때도 있지만 이런저런 이유를 만들어 너그럽게 봐준다. 비가 내리면 비가 내린다고 외출을 그만두고, 맑으면 맑다고 집에서 멍하니 지낸다. 산책할 때도 사람이 많은 장소에는 거의 발길을 끊었다. 일주일에 한 번 아사쿠사까지 고우타와 샤미센을 배우러 갈 때가 유일하게 멀리 나가는 날이다. 일도 반쯤 은퇴 상태로 적당히 일하고 적당히 한가로운 것이 최고지만, 9월에는 일이 많아서 연습도 가지 못했다. 그 정도가 되면 아무래도 생활 리듬이 깨진다. 집에서 일하는 직업이라 일주일의 구분이 사라지고 어쩐지 지나치게 무절제한 생활이 된다. 앞으로는 반이 아니라 은퇴 부분을 더 늘리고 싶지만 말처럼 쉽지 않은 것이 문제다.

고우타와 샤미센의 스승님은 물론 선배 제자 분들도 우리 어머니보다 연세가 많으시다. 이른 살 전후에서 여든 살 정도의 연령이지만 모두 무척 젊고 생기가 넘치고 거기에 더해 아름답다. 시부야 같은 번화가에서 멍한 얼굴로 다니는 젊은이들은 나이로 따져보면 스승님이나 선배 제자 분들의 사분의 일도 안 될 만큼 어리지만 어떤 면에서는 그들이 더 노인이 아닐까 생각될 정도다. 나도 스승님처럼 나이를 먹을 수 있을까. 스승님보다도 훨씬 선배인 대 스승님의 이야기를 들으면 그저 놀라울 따름이다. 내가 소속된 고우타회의 회장님은 아흔 살이다. 몇 번인가 뵌 적이 있는데 분위기가 정말로 아름답고 멋진 분이었다. 스승님들 중에는 게이샤였던 분이 많은데 품위 있고 세련되었다. 그 회장님이 쓰러져서 왼쪽 어깨와 팔에 복합골절상을 입었다는 이야기를 들었다. 샤미센을 연주하는 사람에게 어깨와 팔의 부상은 치명적이다. 일반적으로 고령자가 골절상을 입으면 이후에 여러 가지 합병증이 나타나는 경우도 많다. 주변 사람들은 당황하며 3개월 후에 있을 대규모 고우타 공연에 출연하시기 힘들겠다고 생각했다. 그런데 회장님은 3개월 만에 치료를 마치고 공연에 출연하여 샤미센을 완벽히 연주하셨다. 그때도 "왼쪽 팔이 처지지 않았어? 처지면 바로 얘기해줘."라고 제자들에게 자

주 확인했다고 한다. 샤미센은 연주하는 자세가 제대로 잡히지 않으면 무척 보기 흉하다고 한다. 일단 정해진 형태가 있기 때문이다. 그런 부분까지 무척 신경 쓰셨다. 또 다른 아흔 살이 넘은 대 스승님도 계단에서 굴러 크게 다쳤을 때 엉덩이에서 살을 잘라 다리에 이식하는 큰 수술을 받았는데도 불구하고 6개월 후에는 회복하여 연주회에 출연했다. 연주회에 출연한다는 말은 편안한 차림이 아니라, 가문이 들어간 최고 예복인 몬쓰키(紋付)나 무늬가 위를 향하는 약식 예복인 쓰케사게(付下げ)를 제대로 갖춰 입고 가장 격식이 높은 후쿠로오비(袋帯)를 매고 출연한다는 이야기다.

"지, 진짜 대단해……."

나는 진심으로 놀라며 감탄했다. 얼마나 강한 생명력인가. 만약 내가 같은 일을 당한다면 마음도 약해져서 "이제 됐어."라며 연주회 따위 어떻게 되든 상관없다고 생각하며 그대로 누워버릴지도 모른다. 연주회보다 자신의 몸이 소중해서 한없이 어리광을 피울 것 같다. 하지만 대선배님들은 달랐다. 이렇게 말하면 뭐하지만 나보다 노안도 진행되셨을 테고, 몸을 움직이기도 마음처럼은 안 될 게 분명하다. 그런데도 그렇게 큰 부상에도 꺾이지 않고 훌륭하게 복귀한다. 의사의 힘도 있겠지만 가장 큰 힘은 본인의 기력이다. 회장이나 대 스승이라는 책임 있는 자리에 있기 때문이기도 하겠지만, 만약 내가 같은 자리에 있었다면 그만큼 해낼 자신은 전혀 없다. 무엇보다 나는 쉰 살이 되기 전부터 이미 스스로를 노인이라고 생각하고 있으니까.

확실히 갱년기를 한창 겪고 있는 여성보다도 갱년기를 넘어선 연령대의 여성이 더 건강해보인다. 어중간하게 컨디션이 흔들리지 않고 몸이 안 좋을 때는 무릎이 아프다거나, 혈압이 높다거나 확실한 증상으로 나타나기 때문에 제대로 대처할 수 있기 때문인지도 모르겠다.

내가 5년 전에 고우타회에 입문했을 때는 40대 중반이었는데도 선배 제자 분들에게 "아가씨"라고 불렸다. 그 정도로 젊은 축이었다. 지금은 20대, 30대인 사람도 들어왔기 때문에 아가씨라고 불리지는 않지만, 아직 젊은 부류에 넣어준다. 젊은 분들이라고 불리면 "응? 누구 말씀인가요?"라며 주위를 두리번거리고 싶어진다. 스승님과 선배 제자 분들이 보시기엔 젊지만, 일반적인 연령분포로 따진다면 젊다고 파악될 확률이 더 적을 것이다.

"앞으로도 얼마든지 다양한 가능성이 있는 나이잖아. 결혼도 할 수 있고, 기대 돼."

스승님께 이런 이야기를 들었다.

"아니요, 저는 정말로 은퇴한 기분인데요."

"어머, 무슨 아까운 소리야. 오십 대는 여성에게 가장 좋을 때야. 그런 말 하고 있으면 안 돼."라고 야단맞았다.

지금의 자신을 좋아하는지 어떤지 물어본다면 좋아는 하지만 뭔가 힘이 부족한 느낌은 부정할 수 없다. 특별히 갱년기가 되어서 힘이 부족해진 것이 아니라 원래부터 별로 힘이 없었는데 갱년기가 되면서 더욱 두드러지게 되었다. 노안이 되었고 체력은 최선을 다해도 별로 의미가 없을 만큼 떨어졌다. 연습할 때 문고본보다 작은 휴대용 고우타 악보를 보고 있으니 스승님이 "나는 그 정도 크기의 글씨는 읽기 힘들어요."라고 말씀하셨다. 작은 악보지만 글씨 크기는 1센티미터 정도 된다. 그래도 스승님은 머릿속에 고우타의 가사도 샤미센의 악보도 전부 외우고 있다. 잘 안 보여도 아무런 문제가 없다.

스승님의 말을 듣고 나는 노안으로 잘 안 보이게 되었다든가, 힘이 달린다는 말은 해서는 안 되겠다고 반성했다. 남녀 불문하고 나이가 많으면서도 멋진 분은 다른 사람이 봤을 때 책임감이 없고 몸가짐이 흉하다고 생각하지 않도록 늘 의식해서 행동한다. 이건 어떻고 저건 어떻고 온갖 핑계를 대다가는 아무것도 시작할 수 없다. 눈이 잘 안 보인다면 암기하여 뇌에 새긴다. 무릎이나 허리가 아파도 자신을 포기하지 않고 몸을 잘 보살핀다. 옛날에는 은퇴 후에 걸맞은 몸가짐과 생활 철학이 있었다고 하는데, 지금 내가 말하는 은퇴에는 그저 움직이지 않고 빈둥거리는 의미밖에 없다. 하룻밤 사이에 그렇게 되지는 않는다. 마음의 준비와 자신만의 책임감도 필요하다. 나는 원래 계획적으로 일을 하는 성격이 아니기 때문에 바로 바뀌기는 힘들다. 하지만 친구의 몸 상태와 마찬가지로 세 걸음 전진했다 두 걸음 후퇴하는 방식으로 조금씩 앞을 향해 나아가겠다고 생각했다.

첫 '기' 체험

갱년기로 몸이 안 좋다는 내 주변의 여성 중에는 흔히 말하는 일반적인 서양의학 의사에게 진찰을 받거나 호르몬제를 복용하는 것을 싫어하는 사람이 많다. 잡지를 읽어보면 몸 상태를 잘 살피면 문제는 없다지만 어떤 치료든 모든 사람에게 효과가 있지는 않다. 그것은 어떤 의학, 어떤 요법이라도 마찬가지지만 "서양의학은 좀……."이라고 말하는 사람이 꽤 있다. 처음에는 잘 느끼지 못하는데, 통원 치료를 받는 사이에 약만 많이 처방받다 보면 불안해진다. 그렇다고 모두가 내 친구처

그렇게 중년이 된다

럼 호메오파시를 받으러 가서 '독사의 독', '주석', '유황'이 조합된 레미디를 먹느냐 하면 그런 것까지는 하고 싶지 않다는 사람도 있을지도 모른다. 그래도 서양의학이 이렇게나 발전한 가운데에서도 한방이나 자연요법이 인기를 얻고, 변함없이 이런저런 새로운 민간요법이 등장하는 것은 역시 서양의학으로는 낫지 않는다, 믿을 수 없다는 불신감이 있기 때문이라는 생각이 든다.

얼마 전에 나보다 나이가 어린 일본인 여성으로 홍콩 남성과 결혼하여 현재 홍콩에 거주하고 있는 한의사와 식사를 했다. 나는 말하자면 마음이 서양의학보다 한방의학에 기울어 있었다. 의학에 관해서는 전혀 모르는 비전문가이지만, 병이 심해지면 심해질수록 한쪽 의학만으로는 제대로 치료할 수 없지 않을까 하는 생각이 들어 양쪽을 잘 조합하면 좋을 것 같은 기분이 든다. 한의사는 식사자리에서 내 몸 상태를 체크해줬다. 나는 건강검진이나 병원 검사 같은 종류를 굉장히 싫어해서 이 나이가 될 때까지 한 번도 받아본 적이 없었다. 앞으로도 일반적인 검사를 받을 생각이 없다. 병은 조기에 발견해야 완치로 이어진다는 것을 잘 알지만 동네 병원에서 낫지 않는 병이라면 치료를 포기하겠다는 방침이다. 수술을 해서 반드시 낫는다면 생각해보겠지만, 그저 병원 침대에 누운 채로 약만 주입받으며 수많은 튜브에 연결되고 싶지 않다. 그럴 바에는 집에서 쓸쓸히 누워 조용히 때를 기다리고 싶다.

옛날부터 내가 꿈꾸던 이상적인 마지막이 있었다.

"개나 고양이처럼 마지막을 맞고 싶어."

그들은 상태가 나빠지면 음식을 먹지 않고 흙 위에 조용히 눕는다. 그러다 회복되지 않으면 들판이나 신사의 불각 같은 나무가 많은 장소에서 고요히 생을 끝낸다. 그것이 자연스러운 생명체의 모습이다. 그런데 어느 날 우리 집 고양이가 동물 병원에서 주인인 나도 받아본 적 없는 "혈액 검사를 해봅시다."라는 중대한 알림을 받았다. 개와 고양이도 이래저래 사람의 손이 개입하여 자연스럽게 죽음을 맞이하지 않게 되었다. 우리 집 고양이도 아직은 더없이 건강하지만 앞으로 나이를 먹으면 어떤 병이 생길지 모른다. 그때 내가 어떤 선택을 해야 할지 고민된다. 우리 집 고양이에게 할 수 있는 일은 해주고 싶은 마음이지만 어떻게 할지는 상황에 따라 다르다. 고양이의 표정과 태도를 보고 무언가를 해주길 원하는지 원하지 않는지 판단할 수밖에 없다. 동물조차도 이런 상황이니 내가 바라는 임종은 현대 사회에서는 개와 고양이 이하인지도 모르겠다.

이야기를 되돌려서 한의사인 지인이 먼저 이야기를 꺼냈다.

"어딘가 신경 쓰이는 부분 있으세요?"

"친구들은 갱년기 장애에 시달리고 있는데, 저는 아직 특별히 심각한 증상은 없어요. 앞으로 어떻게 될지 이래저래 생각은 해 보고 있어요. 그런데 조심하는데도 과식하는 경향이 있어서 고민이에요."

"그러세요. 그럼 맥을 짚어봐도 될까요."

그녀는 내 맥을 짚어보기 시작했다. 꽤 오래전에 한방재료를 이용한 약선 음식을 파는 가게에 갔을 때 밤에는 한의사가 와서 진맥을 해주고 진찰 결과에 따라 그 사람에게 맞는 약선 음식을 추천해준다는 이야기를 들었다. 언제 한 번 진찰받아 봐야지 생각하고 있었는데 어느 샌가 그 가게는 문을 닫아버렸다. 지금까지 목이 아플 때는 이비인후과에 가거나 했지만, 종합적으로 몸 상태를 체크하는 것은 내 인생에서 처음이었다.

"굉장히 건강하세요. 특히 혈액의 흐름이 좋아요. 세포에도 수분이 제대로 공급되고 있고, 다만 기의 흐름이 조금 정체되어 있으니 그것만 뚫어주면 되겠어요."

지금까지 한 번도 생리통을 겪은 적이 없던 것도 혈액의 흐름이 좋은 것과 관계가 있는 걸까. 건강하다는 이야기를 듣고 우선 안심했지만 다음 문제는 식욕 고민이다. 과식을 하다 보니 당연하겠지만 때때로 위가 답답할 때가 있다.

"특별히 위에 병이 있거나 문제가 있지는 않아요. 다만 먹을 때 꼭꼭 씹어서 드세요. 부드러운 음식 말고 적당히 식감이 있는 음식을 잘 씹어서 먹는 것이 중요해요."

확실히 평소에 잘 씹어 먹지는 않는다.

"그럼 기를 뚫어볼까요. 손을 이렇게 해주세요."

그녀는 테이블 위에 손바닥을 위로 향하게 올렸다. 친구는 기 공을 여러 번이나 받아봤다고 했는데 나는 처음이었다. 시키는 대로 테이블 위에 손바닥을 올리자 그녀는 내 손바닥에 자신의 왼쪽 손바닥을 마주 향하게 놓았다.

"느껴지세요?"

사람의 손이 가까워지면 체온이 느껴지지만 그 온도보다 더 따뜻한 공기가 내 손바닥 위에서 구슬처럼 느껴졌다.

"아, 느껴져요."

그녀의 오른손은 내 정수리 위에 있었다. 신기하게도 손바닥 은 따뜻한데 정수리는 바람이 부는 것처럼 서늘했다. 마치 정수 리에 에어컨의 찬바람을 쐰 것 같은 감각이다. 확실히 머리 쪽은 체온보다 낮다.

"손바닥으로 기를 넣어서 머리 위로 빼내고 있어요. 무레 씨 는 기가 잘 통하네요. 기가 꽉 막혀서 전혀 통하지 않는 사람도 있어요."

그만큼 내 몸의 구조가 단순한 걸까. 나는 정수리지만 이마로 기를 빼내는 경우도 있다고 한다.

"목과 등이 조금 굳어 있는데 이렇게 하면 조금 좋아질 거예요."

얼마 전까지 일이 무척 밀려서 연일 원고를 써야 했다. 하지만 옛날보다 어깨가 결리지 않았기 때문에 괴로울 정도는 아니었는데, 기를 뚫은 후에는 거짓말처럼 몸이 가벼워져서 깜짝 놀랐다.

대단하다고 감탄하면서 나는 무심코 그녀에게 손을 불쑥 내밀었다.

"저는 몇 살까지 살까요?"

어쩌다 내가 그런 짓을 했는지 모르겠지만 직관적으로 그녀는 그런 것을 아는 사람이라고 느꼈는지도 모르겠다. 하지만 수명을 물어본 진짜 이유는 앞으로 돈을 얼마나 준비해둬야 좋을지 참고하려는 검은 속내가 있었기 때문이었다. 실제로 그녀는 어떤 종류의 능력이 있는지, 내가 아무 말도 안 했는데도 내 손금을 보고 열두 살까지 세 번 죽을 뻔했던 적이 있다는 사실을 맞추고는 어째서 죽음에까지 이르지는 않았는지 설명했다. 그러고는 "예순여덟 살에 병에 걸리지만 모두가 깜짝 놀랄 만큼 빨리 건강해져서 아흔두 살까지 살 거예요."라고 말했다.

"아흔두 살……."

기쁜 것 같기도 하고 슬픈 것 같기도 한 복잡한 기분이었다.

그녀가 이렇게 말한다 해도 정말로 그렇게 될지 그때까지 가보지 않으면 모르지만, 어쨌든 내 예정보다 훨씬 길다.

"하, 그런가요. 그때까지 생활하려면 돈이 문제네요."

"아하하하."

그녀가 큰 소리로 웃었다.

"원하는 만큼 돈이 들어오니까 걱정하지 않아도 괜찮아요. 다만 남길 정도는 아니에요."

"남기지 않아도 괜찮아요. 살아가는 동안 다른 사람에게 금전적으로 폐를 끼치지만 않으면."

"그건 문제없어요."

이런 이야기를 들어서 감사할 따름이지만 염치 불고하고 피부 알레르기에 대해서 한 가지 더 물어봤다.

"민감 피부인데요."

"이렇게 건강 체질인데 민감 피부라니 그럴 리 없어요."

그녀의 말을 듣고 흠칫 놀랐다.

"무레 씨 안에 작고 단단한 스트레스 덩어리가 있어요. 그것 때문일 거예요."

"아마도 본가의 대출 때문일 거예요."

분명히 그럴 거라고 생각한 나머지 나도 모르게 목소리가 커졌다. 그러자 그녀는 다시 웃었다.

"돈에 집착하지 않는 사람은 돈 때문에 스트레스받지 않아요."

확실히 화가 나는 것과 스트레스는 다른 문제다. 나는 스트레스와는 인연이 없다고 생각했는데, 스스로 목숨을 끊은 친구의 사건 이후로 그렇지 않다고 깨달은 후부터 지금까지와는 다른 방향으로 스스로를 돌아보게 되었다. 자신이 억눌러온 감정이 있을지도 모른다. 그게 무엇인지 생각해볼 필요가 있다. 주변 반응은 "뭐? 그 정도로?"라고 말할 것 같지만, 일할 때 주저하지 않고 하고 싶은 말을 다하는 성격이라도 스트레스는 있었던 것이다. 그러니 일반 사람들은 얼마나 스트레스를 발산하지 못하고 잔뜩 껴안고 있을지 알 것 같았다. 정말로 아흔두 살까지 살게 될지 그렇지 않을지는 알 수 없지만, 이 이야기를 들은 친구는 "역시 그렇구나. 그럼 나중 일은 전부 너한테 맡기면 되겠네. 아, 안심해도 되겠다."라며 기뻐했다. 그녀들은 좋을지 모르지만 나는 대체 어떻게 되는 걸까. 남겨진 사람이 더 큰일 아닌가. 그 후로도 "으음……." 이렇게 끙끙거리며 지내고 있지만, 혈액 흐름이 매우 좋다는 진단을 마음의 버팀목 삼아 어떻게든 살아가야겠다고 생각했다.

열한 명이 있었다?

최근 이삼 년 사이 내 주변에는 몸 상태가 안 좋은 여성이 많아지면서 이전보다 신경 쓰이는 나날을 보내고 있다. 한때 지팡이 없이 걷지 못할 정도였던 친구도 다행히 호메오파시 덕분에 이전처럼 일을 할 수 있게 되었고, 일상생활에도 큰 지장 없이 지내게 되었다. 나보다 나이 어린 또 다른 기혼 여성 한 명은 남편이 경영하는 회사가 결혼 직후 망하면서 생활환경이 바뀌었다. 남편이 재취업하지 못하는 바람에 그녀는 임신 중에도 풀타임으로 일하며 남편의 친형제까지 부양했다. 그러

그렇게 중년이 된다

다 점점 몸이 안 좋아져 병원에서 진찰을 받았는데 우울증이라는 진단을 받았다.

모든 것을 자신이 부담해야 하는 중압감에 정신적으로 쇠약해진 것이다. 회사에 갈 의욕도 없어 휴직을 하고 정신건강의학과에 통원치료를 받다가 입원 치료까지 받아야 할 상황이 되었다. 그때는 내가 이런저런 참견을 할 수 있는 상황이 아니었기 때문에 그저 지켜볼 수밖에 없었다. 퇴원하고 회사에도 하루 세 시간 정도 근무할 수 있게 된 후에야 친구 몇 명과 함께 그녀를 만났다. 오랜만에 만난 그녀는 이전과 비교해서 체중이 25킬로그램이나 늘어 있었다.

"약은 계속 먹고 있어요."라고 말하는 그녀의 모습은 깊은 고민이 있는 것처럼 보이지는 않았지만 체중이 늘어나면서 몸이 붇고 안색도 좋지 않았다. 확실히 건강하고 마음 편하게 통통해진 것과는 거리가 있어보였다.

"진심으로 죽고 싶어져요."

그녀는 담담하게 말했다. 인간은 누구나 죽고 싶다고 생각하는 순간이 있다. 나도 젊은 시절에는 몇 번이나 그런 생각을 했다. 하지만 그녀의 이야기를 들어보니 역시 그런 정도의 문제가 아니라 상당히 심각했다.

"아, 죽어버리면 편해질까?"라고 막연히 생각하는 것이 아니라 스스로를 공격한다. 벽에 머리를 박으면서 "죽고 싶어! 죽고 싶어! 죽고 싶어!"라고 외치기도 한다고 했다. 그녀는 남편이 사업에 실패하긴 했지만 거액의 빚을 지게 된 정도는 아니었다. 주택담보대출이 남아 있기는 하지만 자신의 집을 갖고 있다. 귀엽고 어린 자식들도 있다. 그녀의 풀타임 수입은 직장인 평균 수입보다 훨씬 많다. 그녀보다도 더 물러설 곳 없이 꽉 막힌 상황에 놓인 사람도 많다. 그런 사람들과 비교해 보면 풍족한 상태지만, 다른 사람과 비교해 풍족하다고 해서 우울증에 걸리지 않는 것은 아니다. 그런 상태라도 병이 생기는 계기는 있다.

"처음에는 아무런 의욕이 없고 그저 죽고만 싶었는데요, 지금은 단시간이라도 회사에 출퇴근할 수 있게 되어서 다행이에요."

그렇지만 마음과 몸 상태가 일치하지 않아, 회사에 갈 생각이 있었는데 막상 그 시간이 되면 역시 갈 수 없을 때가 많다고 했다. 다행히 회사가 그녀에 대해 호의적으로 "무리하지 말고 조금씩 일하면 돼요."라며 배려해줬다고 한다.

"살이 쪄서 역 앞에 있는 에스테틱에 다니기 시작했어요."

그러면서 에스테틱 살롱에서 사용하는 체중 증감을 기록한 그래프를 보여줬다.

"어떻게든 체중을 되돌려야죠."

이렇게 말하면서 그녀는 웃었다. 자신을 관리하고 싶은 기분이 드는 것도 좋은 신호라는 생각에 조금 안심했다. 중년 여성들이 종종 "몸 관리나 멋을 부리는 데 신경 쓰는 것은 건강하다는 증거야. 몸 상태가 나쁘면 정말로 그런 건 아무래도 상관없어지거든."이라고 말하는데, 그녀도 마음에 여유가 생겼나 보다고 생각했다.

약 1년 후 조금씩 통원치료 횟수가 줄고 그와 반비례로 출근하는 날과 근무 시간이 증가하여 그녀는 거의 매일 풀타임으로 일할 수 있게 되었다. 가끔 상태가 안 좋아져 퇴근 시간보다 한두 시간 일찍 퇴근하는 일도 있지만, 병에 걸리기 전의 생활로 거의 돌아왔다고 한다. 가족과 즐겁게 여행도 갈 수 있게 되었다. 힘든 시기를 뛰어넘어 사회에 복귀를 할 수 있어서 다행이라고 안심했다.

그리고 얼마 전에 그녀를 포함한 여성 네 명이 모일 일이 있었는데, 표정이 밝고 안색도 좋아지고 부었던 몸도 날씬해져서 확실히 몸이 좋아졌다는 것을 곁에서 봐도 알 수 있었다.

"정말 잘 됐어."라고 이야기했더니 그녀가 "여러분께 걱정 끼쳐드려서 죄송해요."라며 고개를 숙인 후 "사실은 악령이 씌었었어요."라는 이야기를 꺼냈다.

"뭐?"

한국 요리를 먹고 있던 우리는 엉겁결에 젓가락질을 멈추고,

"악령?"이라고 되물었다. 겨우 병이 완치되었는데 다른 문제가 일어났나 싶어 놀란 우리에게, "병에 걸린 건 사실이에요. 그런데 그때 악령이 들어왔다고 하더라고요."라고 말했다.

"아."

이럴 때는 "아." 하고 일단은 이야기를 들어볼 수밖에 없다.

전에 만났을 때 그녀는 병이 너무 낫지 않아 어떻게 하면 지금 상황을 헤쳐 나갈 수 있을지 용하다는 점쟁이를 찾아가 물어봤다고 한다. 그러자 그 사람은 그녀에게 "이것을 가지고 있으면 나쁜 것으로부터 보호받을 수 있어."라며 작은 수정을 건넸다. 물론 돈은 지불했지만 깜짝 놀랄 만한 금액은 아니었다. 그 수정을 집에 가지고 와 놓아뒀는데 어느 순간 사라져버렸다. 아이들이 장난을 치느라 숨긴 것 같지도 않았다. 이대로 괜찮은가 싶어 점쟁이에게 연락을 하자 그 수정이 나쁜 것을 끌어내줬으니 찾지 않아도 괜찮다는 이야기를 들었다. 인간은 불안해지면 무언가에 의존하고 싶어지기 때문에 그런 일도 있을 수 있겠다고 생각하며 우리는 묵묵히 이야기를 들었다. 하지만 그때부터 다시 증상이 악화되어 다른 점쟁이를 찾아갔더니 이번에는 악령이 씌었다는 이야기를 듣고 그녀는 깜짝 놀랐다. 물론 그런 이야기는 그녀의 남편도 믿지 않았다. 하지만 실제로 병에 걸려 있고, 어떻게든 낫고 싶다고 생각한 그녀는 무료로 악령을 제거해준다는 곳을 남편과 함께 찾아갔다. 3월과 6월 두 번에 걸쳐 악령을 제거받았지만 그것만으로 악령이 전부 떨어지지 않아 9월에도 한 번 더 받은 후 겨우 기분이 가벼워졌다고 한다.

"그렇게 여러 번이나 받았어?"

"네. 한 번에 떨어지지 않아서요. 전부 열한 명 있었대요."

"뭐? 열한 명?"

"삼월에 세 명, 유월에 세 명, 구월에 다섯 명 쫓아냈어요."

"하아."

"하기오 모토 만화 중에 그런 제목 있지 않았나?(하기오 모토(萩尾望都): 일본 만화가로《11인이 있다!》(세미콜론, 2010년 1월 국내 출간)는 제21회 쇼가칸 만화상 수상작이다 – 옮긴이))"

우리는 이런 말을 하면서 그녀의 이야기를 들었다. 몸을 막대기로 찌르고 악령과 옥신각신하며 왕래가 이래저래 있었다는데 분명히 그때 자신이 아닌 무언가가 몸 안에 있는 느낌이 들었다고 한다.

"그리고 마지막에 뭔가가 입에서 튀어나왔어요."

악령을 제거해주는 사람의 말에 따르면 정신건강 상태가 약해졌을 때를 놓치지 않고 들어오는 악령이 있다고 한다. 처음에는 전혀 믿지 않았던 그녀의 남편도 그녀 옆에서 악령을 제거하는 제령 현장을 보고 처음으로 이것이 진짜라고 인정했다고 했다.

그녀에게 가장 강력하게 붙어 있던 악령은 부모를 원망하며 자살한 젊은 여성의 영혼이었다는데 그 이야기를 들은 그녀는 우울증일 때 자신이 아버지께 했던 일이 떠올랐다. 그녀는 원래 성격이 까다롭지 않고 남에게 강하게 말하는 스타일은 아니었는데, 그때는 본가에 전화를 해서 "이렇게 된 건 아버지 교육 방식이 나빴기 때문이야."라고 끝없이 비난했다.

"지금 생각해 보면 왜 그런 말을 했는지 모르겠어요. 그때 아버지는 엄청나게 놀라셨는데, 사실 그때 악령이 씌었었다고 말씀드리면 더 놀라실 것 같아서 그 얘기는 하지 않고 있어요."

"그건 말하지 않는 게 좋을 것 같아."

우리 셋은 고개를 끄덕였다.

"마지막에 다섯 명이 나왔을 때는 거짓말처럼 몸이 가뿐했어요. 그전까지 답답하고 무겁던 기분이 확 밝아졌어요."

어쨌든 기분이 밝아지고 건강해진 것은 기쁜 일이다.

"그렇구나. 그래서 그렇게 통통했구나. 열한 명이 들었으니 그만큼 체중도 늘어나겠지."라고 말했다가 옆에 있는 친구에게 한 대 맞았다. 나를 한 대 툭 친 친구가 "통원 중에 메시지를 꽤 많이 보내줬잖아. 몸이 좋아지고부터는 거의 보내지 않게 되었지만. 그러면 부지런히 메시지를 보낸 건 너가 아니라 악령이었다는 거야?"라고 물었다.

"음, 그럴지도 모르겠네요."

"그렇구나. 악령과 메시지를 주고받는 사이였다니……."

우리는 냉면을 앞에 두고 머리를 감쌌다.

과정이 어찌 되었든 그녀가 사회에 복귀할 수 있어서 다행이었다. 또 사람의 약점을 이용해먹는 악덕 상술이나 수상한 종교에 휘말리지 않아서 다행이었다. 병에 대해서도 자신과 주위 사람의 탓이 아니라 악령이 저지른 일이었다고 생각하면 그녀도 마음이 가벼울 것이다. 하지만 어째서 그렇게 많은 악령이 씌었을까? 그 후로 한동안 우리 사이에서는 '열한 명의 악령'이 가장 큰 화제였다.

홍콩에 사는 일본인 여성 한의사에게 지금 몸 상태와 내 미래에 대해 들었다는 이야기를 앞에서 했는데, 그 이야기에서 신경 쓰이는 부분이 "이렇게 건강 체질인데 민감 피부라니 그럴 리 없어요."라는 발언이었다. 내 마음속에 작고 단단한 스트레스 덩어리가 있는데 그것 때문에 피부가 민감하다는 것이었다. 지금까지 민감 피부인 줄 알고 살아왔기 때문에 화장품도 민감 피부에 맞췄다는 제품을 사용했지만, 실제로는 피부에 맞지 않는 제품도 많았다. 생각해 보면 민감 피부를 타고났던 것은 아니다. 어렸을 때에 달걀이나 고등어를 먹으면 두드러기가 생기기도 해서 알레르기 경향이 있었는지는 모르지만 아토피 같은 증상은 없었다.

20대에 미국에 갔을 때도 그곳에서 산 화장품을 아무렇지 않게 발랐고, 학교를 졸업하고 취업했을 때도 일반적으로 판매하고 있는 브랜드의 화장품을 발라도 아무 문제가 없었다. 가장 큰 피부 전환기는 혼자 살게 된 후 그동안 관심 있었던 현미식을 시작했을 때였다. 현미식을 하면서 기쁘게도 변비가 만족스럽게 개선되었지만, 대신에 그 이후 민감 피부가 된 것이다. 그때가 스물네 살 정도였기 때문에 때마침 피부가 변화를 겪는 시기에 마주친 것일지도 모른다. 그때 다른 사람에게 "출산 후에 피부 상태가 변하기도 해요."라는 이야기를 들었다. 아기를 내 몸으로 낳은 경험은 없지만 쌓이고 쌓였던 대변은 대량으로 내보냈다.

'어쨌든 몸에서 중량이 큰 뭔가를 내보내면 피부 상태가 변하는 걸까?'라며 고개를 갸웃거렸다. 아기는 여성의 몸에 독이 되지 않지만, 대변은 분명한 독이다. 그 독이 배출되면서 센서가 섬세해지면서 민감 피부가 되었다고 여기며 무척 기쁜 일로 받아들였던 시기도 있었다. 그때는 "여자들이 민감 피부라고 말하면 섬세한 이미지로 어필하려는 것 같아서 싫어."라는 이야기를 들은 적도 있지만, 딱히 섬세한 척을 한 것도 아니고 아무 크림이나 바르면 피부가 뒤집어지기 때문에 나는 난처하기만 했다. 하지만 피부과에 가지도 않았고 민감하다는 것이 화장품이라는 이물질을 거부하는 건강한 피부라고 생각했다.

그랬는데 그 한의사에게 이야기를 듣고 자신이 느끼던 피부 상태에 대해 처음으로 의문이 생겼다. 인체는 면역기능이 제대로 활동하면 감기 같은 바이러스가 침입했을 때도 심각해지지 않고 지나간다. 이물질이 몸에 들어와도 제대로 대처할 수 있기 때문이다. 나는 감기에 걸려도 오래 질질 끄는 일도 없고 약을 전혀 먹지 않아도 하루나 길어도 이틀만 누워 있으면 다 나았다. 악화되는 경우는 어쩔 수 없이 무리를 해서라도 나갈 수밖에 없을 때였다. 악화되는 이유를 스스로도 잘 알고 있었다. 그런 점에서 보면 확실히 건강 체질이라는 생각이 든다.

그녀의 말처럼 면역 기능은 제대로 작용하고 있는데 어째서 민감 피부가 되었을까? 피부는 몸 전체를 덮고 있으니 손이나 발에 얼굴에 바르는 것과 같은 크림을 바르면 같은 증상이 나타나야 한다. 하지만 그렇지는 않았다. 햇볕을 받는 부분과 받지 않는 부분이라는 차이도 있겠지만 그래도 얼굴에 발랐을 때가 가렵거나 빨개지거나 하는 확률이 높다. 갱년기를 맞아 민감 피부가 되었다면 갱년기 장애 중 하나라고 말할 수도 있겠지만, 나

그렇게 중년이 된다

는 변비가 나왔을 때부터 25년 정도 계속 이 피부로 지내왔다. 다행히 지금은 발라도 가렵거나 빨개지지 않는 화장품을 찾아서 사용하고 있는데, 이제야 무엇을 바를지보다도 내 머릿속에 전혀 없었던 더 근본적인 마음속의 작고 단단한 스트레스에 대해 생각하게 되었다.

제일 처음 머릿속에 떠오른 본가의 주택담보대출에 대해서 돈에 집착하지 않는 사람은 금전이 스트레스의 원인이 되지 않는다며 한의사는 딱 잘라 아니라고 말했다.

"그러면 대체 뭐지?"

나는 진지하게 고민에 빠졌다. "이거야!"라고 바로 머리에 떠오르는 문제는 진짜 스트레스의 원인이 아닌지도 모른다. 스스로도 눈치채지 못하는 원인이 있을 것 같은 기분이 들었다. 이것은 분명 "나는 누구인가?"라는 문제이기도 했다.

우선 일에 대해 생각했다. 나는 일곱 번 직업을 바꿔 지금 일을 하고 있다. 일곱 번 바꿨다고는 해도 여섯 번째까지는 회사원이었기 때문에 직업을 완전히 바꾼 것은 이 일이 처음이다.

"은퇴하면 나을까요?"라고 한의사에게 물었더니, "아니요, 일을 완전히 그만두면 그게 또 스트레스가 되니까 일은 조금씩이라도 계속 하셔야 해요."라는 답을 들었다. 나는 일을 전혀 하지 않는 망연한 생활을 꿈꿨지만 냉정히 생각해 보면 한의사의 말이 맞는지도 모른다. 회사원일 때도 인간관계라든지 하는 일의 내용이 싫어지면 별로 망설이지 않고 바로 그만뒀기 때문에 일에 대한 스트레스는 없었을 게 분명하다. 지금도 일에 대해서 때때로 압박을 느낄 때는 있지만 오래 질질 끌 만한 스트레스는 아니다. 대체로 싫은 일은 처음부터 받지 않는다. 그렇다면 어렸을 때부터 계속 참아온 무언가가 마음속에서 굳은 걸까?

　이런 생각을 하다 보니 한 가지 걸리는 일이 있었다. 생각해 보면 가족을 포함해 다른 사람에게 기대본 기억이 없다. 하지만 스트레스는 자신이 하고 싶은데 못 할 때 받는 것이고, 타고난 기질이 그렇다면 스트레스가 되지는 않을 것 같았다. 남에게 의존하여 살아가는 사람도 있고 그렇지 않은 사람도 있다. 남에게 받기보다는 주는 사람. 나는 후자다. 그것이 내게는 당연한 일이었다. 특별히 "나는 남에게 절대 기대지 않아."라며 의기양양하게 살았던 것도 아니다. 남에게 의지하고 기대기보다는 스스로 하는 편이 귀찮지 않기 때문이었다. 2년 정도 전에 친구의 친구로 한 번 인사 정도 한 사람이 책을 출판하고 싶어 한다고 해서 내가 오랫동안 알고 지낸 편집자에게 원고를 봐줄 수 있냐고 부탁한 일이 있었다. 원고를 쓴 여성은 아마추어가 아니라 글 쓰는 일을 전문으로 하는 사람이었는데, 나는 그녀가 쓴 원고는 전혀 읽지 않고 두 사람을 이어주기만 했다. 그때 편집자가 "무레 씨에게 부탁받아서 무척 기뻤어요."라고 해서 '응?' 하고 놀라면서 '그런가?'라고 복잡한 심정이 되었다. 그러고 보면 그녀에게 부탁을 한 기억이 전혀 없었다. 무엇이든 스스로 해버리는 성격도 인간관계 측면에서는 다시 생각해보는 편이 좋을지도 모른다고 깨달았다.

천성은 천성이므로 이래서는 안 된다고도 말하기 힘들지만 작고 단단한 스트레스에 대해 생각하면, "정말로 천성인가? 그저 참으면서 자신을 억눌러온 것은 아닐까?"라고 집요하게 스스로에게 물어볼 수밖에 없다.

남에게 의지하지 않는 천성은 어렸을 때부터 강했다. 부모님을 보면서 '의지할 만한 인물이 아냐.'라고 판단하여 부모님에게도 뭔가를 사달라고 졸라본 기억이 없다. 확실하게 없었다고 단언할 수 있다. 부모님에게 조르다가 이런저런 이야기를 듣는 것이 귀찮아서, 그럴 바에는 바로 손에 넣지는 못하더라도 용돈을 모아서 사는 편이 편했다. 아무런 불평을 듣지 않고 해결된다. 쭉 그쪽 노선을 따라왔다. 유치원보다 싼 도립고등학교 학비는 부모님이 내주셨지만 대학 학비는 아르바이트를 해서 스스로 벌었다. 확실히 말해 부모님보다도 학생인 내가 훨씬 더 생활력이 강했다.

어떤 면으로 보면 이런 성격은 여자로는 불행하다. 아이가 있는 싱글맘이라면 강하고 든든해 보일지 모르지만, 아내나 연인으로 본다면 귀염성이 없다. 아버지도 여러 번 그런 말씀을 하셨고, 스스로도 그렇게 생각한다. 아버지와의 관계는 내가 스무 살 때 부모님이 이혼하시면서 연을 끊었는데 나도 그렇게 되길 원했기 때문에 스트레스라는 생각은 들지 않는다. 친구와의 관계도 특별히 문제없고, 일에서도 함께 일하고 싶지 않은 사람은 그때그때 관계를 정리하기 때문에 내가 느끼는 스트레스는 없다.

그렇다면 가족이다. 북조선에 납치당한 피해자 뉴스를 볼 때마다, '내가 납치된다면 어머니와 남동생은 저렇게 절실히 찾지 않을지도 몰라.'라는 생각을 해보기도 한다.

"누나는 어디다 내놔도 잘 살 거야."라고는 그걸로 끝일 것 같다.

가족에 대한 불신이 있다. 대출 상환은 계속 해주고 있지만 본가에는 가지 않는다. 어머니와 전화로는 가끔 이야기 나누지만 내가 먼저 걸지는 않고 만나지 않은 지도 사오 년 정도 되었다. 지금까지는 내가 피해받을 일이 가족들 사이에서만 일어났는데, 최근에는 이전에 내가 일로 대담을 나눴던 분과 내 작품을 연극으로 만들어주신 분들에게도 어머니가 폐를 끼치는 바람에 다른 사람에게까지 누가 미치게 되었다. 그 사실을 나중에 알게 된 나는 졸도할 것 같은 상태로 "당신은 내 일까지 방해할 셈이야?"라고 화를 냈다. 어머니의 말과 행동을 떠올리면 머리끝에서 불이 솟구치기 때문에 평소에는 내 안에서 존재를 지우고 있다. 나의 작고 단단한 스트레스의 원인은 어머니일까? 아니면 또 다른 깊은 원인이 있을까? 분명한 원인은 그렇게 간단히 찾을 수 없겠지만, 조금 느슨해진 머리에는 이런저런 고민을 하는 일이 자극이 되어 좋을지도 모른다고 생각하기로 했다.

호메오파시를 받고 갱년기 장애가 한때 개선되

었던 친구는 안타깝게도 증상이 다시 예전 상태로 돌아갔다. 체

중도 늘어날 기색이 없어, 키가 나보다 13센티미터 정도 큰데도

나보다도 체중이 덜 나간다. 몸 상태가 가장 나빴을 때는 163센

티미터에 48킬로그램까지 줄었다. 처음 만났을 당시에 그녀는

나보다도 10킬로그램이 더 나갔다. 그랬는데 알고 지낸 지 10년

넘게 지나 갱년기를 맞아 나는 계속 살이 찌고 그녀는 계속 빠

지는 중이다. 또 다른 친구 한 명도 나보다는 말랐지만 나와 마

찬가지로 계속 살이 찌고 있어서 그녀는 우리를 보면 "좋겠다. 둘 다 통통해서."라며 한숨 섞인 소리를 한다.

얼마 전에 모리 쇼코가 갱년기 장애로 보이는 증상으로 입원했다는 기사를 보며 그녀는 "도저히 남의 일처럼 느껴지지 않아."라고 안타까워했다. 나와 마찬가지로 살이 찌는 친구는 파파라치에게 사진이 찍혀 주간지에 실린 통통해진 미우라 모모에를 보고 "앞으로는 나를 모모에짱이라고 불러줘."라고 말했다. 이것으로 내가 열렬히 신앙으로 달린다면 훌륭하게 아줌마 세 자매가 결성되는 이야기가 되지만 내가 종교에 빠질 가능성은 전혀 없으므로 쇼코짱과 모모에짱 두 사람이 참여한 '아줌마 세 자매'가 되었다(일본에서 비슷한 시기에 활동하는 여성 연예인 중 동급생이나 소속사가 같은 세 명을 묶어 'OO 세 자매'라는 별칭으로 불렀는데, 이들은 각자 활동하면서 프로젝트 그룹으로 함께 활동하기도 했다. 모리 쇼코, 미우라 모모에, 사쿠라다 준코 이 세 사람은 같은 프로그램을 통해 데뷔한 동급생(당시 중학교 3학년)으로 같은 시기에 활동하면서 '꽃의 중3 트리오'로 불렸다. 모리 쇼코森昌子는 1971년에 인기 오디션 프로그램 〈스타탄생〉을 통해 연예계 활동을 시작한 가수 겸 배우이며, 미우라 모모에三浦百惠는 1972년에 〈스타탄생〉을 통해 연예계 활동을 시작해 1980년에 결혼과 동시에 연예계를 은퇴했다. 사쿠라다 준코桜田淳子는 1972년에 〈스타탄생〉을 통해 연예계 활동을 시작했으며, 1992년 6월 기자회견을 열어 자신이 통일교 신자라고 발표하고 통일교 합동결혼식에 참가하면서 활동을 중단했다 — 옮긴이).

"나도 살찌고 싶어."

그녀는 호메오파시 덕분에 증상이 극적으로 개선되었을 때도 몸을 생각해서 좀 더 여유를 두고 쉬지 않았다. 최근에 일 때문에 화낼 때가 많고 잠을 제대로 못 자는 날이 이어지고 있는 것도 살이 찌지 않는 원인의 하나로 보인다. 호메오파시를 계속 받으러 다니며 증상에 맞는 레미디를 처방받아 먹고 있지만, 처음처럼 깜짝 놀랄 만한 효과는 보이지 않는다. 그 이야기를 들은 나는 날씬해지기 위해 덤벨 체조를 했던 때가 떠올랐다.

살을 빼고 싶다는 생각에 덤벨 체조를 가르쳐 주는 비디오를 구입하여 매일 2킬로그램짜리 덤벨을 사용하여 체조를 따라 했던 적이 있었다. 비디오에 나오는 동작을 우왕좌왕 따라 하는 사이에 내 체지방은 줄어 있었다. 경이적인 감소였다. 그 체조는 숨이 턱턱 찰 만큼 힘들지도 않았고 자기 전에 10분 안 될 정도만 하면 되는, 땀이 살짝 나는 정도의 운동이었다.

"이렇게 편하게 체지방이 줄다니."라며 감동했다. 운동을 계속하는 동안 체지방이 점점 줄어드는 대신에 근육이 늘어나면서 특히 팔 근육이 눈에 띄게 생겼다. 원래부터 만사 귀찮아하는 성격에 천성이 무언가를 꾸준히 하지 못하다 보니 체지방이 만

그렇게 중년이 된다

족할 만한 수치에 도달하자 "이걸로 충분해."라며 덤벨 체조를 그만뒀다. 그리고 몇 년이 지나 문득 정신차려 보니 다시 "어?" 싶은 체형이 되었다. 그것도 이전보다도 심하게 무너져 있었다. 나이가 들었으니 체형이 변하는 것은 어쩔 수 없지만 갱년기에 체형이 무너지는 것은 분명히 노화를 향해 가는 변화였다.

초조해진 나는 다시 덤벨을 손에 들었다. 그런데 이전에는 2킬로그램짜리 덤벨도 거뜬했는데 이번에는 묵직하게 느껴졌다. 근육도 약해진 것이다. 1.5킬로그램짜리를 새로 사서 체조를 해봤지만 전혀 효과가 없었다. 이전에는 체조를 시작하고 조금 지났을 때부터 효과가 나타나기 시작했는데, 이번에는 아무리 해도 효과가 나타나지 않았다. 살이 찌고 싶어 하는 몸이 "이제 그런 것에는 익숙해졌어."라며 내 노력을 무시하고 있는 것 같았다. 여기서 "두고 보자!"라고 이를 꽉 무는 사람은 성공할지도 모르지만 포기가 빠른 나는 덤벨을 집어치우고 "하아."하고 한숨을 쉬며 이 체조로 살 빼기를 포기했다. 덤벨도 바자회에 방출했다. 내 안에서 덤벨 체조로 살을 빼겠다는 계획은 하늘 저 멀리 날아갔다.

"아, 그때는 좋았지."

덤벨 체조로 날씬해졌던 8개월 동안 중년이 된 후로 가장 행복했다. 그것도 추억의 저편으로 날아갔다.

너무 부정적인 생각만 하면 더욱 기분이 우울해지기 때문에 오랜만에 옷을 사러 가기로 했다. 집에 있는 기모노를 입으면 되지만, 자신을 이보다 더 이상은 풀어주고 싶지 않았다. 분명히 자신을 너그럽게 대하겠다는 생각은 했지만 그것도 한도가 있다. 나는 끈기가 없고 쉽게 자신을 마냥 풀어주는 성격이다. 기모노는 살이 쪄도 적당히 맞춰 입을 수 있으니까 마음이 풀어지는 것을 경계하고 마음가짐을 단단히 하려면 새로운 옷도 필요했다. 지금까지 즐겨 입던 브랜드는 남색과 검정색이 많아 가끔은 밝은 색도 입고 싶은 마음에 다른 브랜드를 찾아보려고 백화점으로 향했다. 그런데 디스플레이 되어 있는 옷을 보고 나는 멍해졌다. 이 옷도 저 옷도 전부 말도 안 되게 폭이 좁았다.

'입을 수 있는 옷이 없잖아.'

오십이라는 내 연령에 맞는 코너에 가면 사이즈가 맞는 옷도 있겠지. 하지만 역시 디자인과 색상이 마음에 들지 않으면 아무리 사이즈가 다양해도 입고 싶지 않다. 들어가기만 하면 뭐든지 괜찮지는 않은 것이 문제다. 조금 기가 죽었지만 "최신 유행에 질 수야 없지. 반드시 내가 원하는 옷이 있을 거야." 마음을 다독여 힘내서 매장 안으로 들어갔다.

양복은 손에 꼽힐 정도밖에 없다. 겨울 외출용 스커트도 8년 전에 산 캐시미어 세미플레어 스커트 한 장밖에 없고, 그것을 원한을 풀기라도 할 듯이 마구 입다 보니 슬슬 입는 데 한계가 느껴지기 시작했다. 이 스커트를 못 입게 되면 외출용 스커트가 하나도 없다. 눈에 띄는 세미플레어 스커트를 발견하고 착용해봤다. 나는 다리가 굵은 체형이라 타이트스커트는 무리고, 또 키가 작아서 플레어가 많이 들어가 지나치게 퍼지는 스타일은 이상해보인다. 옷을 고르는 데 제약이 엄청 많다. 이거면 괜찮겠지 싶어 탈의실에 들어간 나는 스커트를 입고 허리까지 올리려다 아연실색했다.

'이, 이것은……'

보통 옷을 살 때는 탈의실에서 나와 거울에 자신의 모습을 비춰보면서 어울리는지 어울리지 않는지 확인한다. 그런데 그럴 것도 없이 탈의실 안에서 이미 결착이 난 듯한 분위기였다. 머릿속에서 퀴즈 프로그램에서 답을 틀렸을 때 울리는 '땡' 소리가 울렸다. 하지만 "안 들어가네요."라고 말하며 이 스커트를 손에 들고 나가는 것은 패배처럼 느껴져 필사적으로 배에 힘을 줘서 지퍼를 올렸다.

'흠. 들어간 것 같은데.'

거울 앞에는 꽉 끼는 스커트를 입은 아줌마 코케시(도호쿠 지방 특산물로 손발이 없고 머리가 둥근 여자아이 모양의 목각인형 ─ 옮긴이)가 서 있었다. 마음을 다잡고 탈의실 문을 열었다. 나는 이 스커트를 사서 입을 생각이 없었기 때문에 매장 직원이 "사이즈가 좀 안 맞네요."라고 말해주길 바랐다. 그런데 그녀는 도와주기는커녕 사이즈가 맞지 않다고 호소하는 내게 "아니에요. 원래 이런 라인이에요."라며 고개를 끄덕이는 것이 아닌가.

"네에?"

깜짝 놀랐다. 이렇게나 짧은 다리와 처진 엉덩이가 노골적으로 드러나는 스커트가 원래 이런 디자인이라는 것인가. 이번 시즌은 특히 보디라인을 강조하는 디자인이 많아서 이게 맞는 사이즈라고 한다. 매장의 다른 직원이 같은 스커트를 입고 있었는데 확실히 보디라인은 강조되어 보였다. 하지만 내가 입고 있는 것과 같은 옷이라고는 도저히 생각할 수 없는 라인을 그리고 있었다. 아무튼 이 스커트는 무리라고 생각해 다른 스커트를 몇 벌이나 입어봤다. 모두 정도의 차이는 있지만 몸에 착 달라붙는 디자인뿐이라 그중에서 가까스로 두 벌을 골랐다. 그중 한 벌은 배와 엉덩이가 불편하지 않게 들어가는 사이즈를 사서 허리를 6센티미터나 줄였다. 대체 내 몸은 어떻게 생겨 먹은 걸까.

머리가 빙글빙글한 상태로 이번에는 상의를 사기 위해 다른 매장으로 향했다. 차이나 칼라에 꽃무늬가 그려진 얇은 카디건이 있었다. 같은 천을 사용한 작은 싸개단추가 달려 있어 무척 괜찮아 보였다. 나는 상반신은 하반신보다 옷을 고르기 쉬운 체형이라고 생각했다. 어깨너비나 가슴둘레를 생각해도 들어가지 않는 일은 없을 것이라고 굳게 믿었다. 그런데 그 기대는 보기 좋게 배신당했다. 이 카디건도 탱탱했다. 탱탱한 것은 게 요리만으로 충분하건만 이 얇은 카디건은 피부와 하나가 되고 살에 파묻혀 멋진 꽃무늬가 마치 문신처럼 보였다.

탈의실에서 나온 나를 향해 "단추도 전부 제대로 잠기고 사이즈는 괜찮네요."라고 매장 직원이 말했다.

'이, 이 사이즈로 괜찮아? 정말로?'

좀 전 스커트와 마찬가지로 최근 유행 스타일이라 여유 없이 완전히 딱 맞게 입는 디자인으로 나왔다고 한다. 하지만 카디건도 스커트도 그 사람 나름대로의 보디라인이 있을 때 이야기다. 이런 디자인을 입었을 때 보기 흉한 것은 옷의 디자인 문제가 아니라 내 체형이 문제라는 이야기였다.

"하지만 그건 행복한 고민이야."

갱년기 장애로 고민하고 있는 친구는 한숨을 섞어 말했다. 정말로 그 말 그대로다. 몸 상태에 문제가 없으니까 그런 불평을 하고 있을 수 있다. 몸이 안 좋으면 우선 건강해지고 싶다고 빌겠지, 건강하니까 가슴이 처졌다는 등 배가 나왔다는 등 겉모습에 대한 불만을 마음에 두고 끙끙 앓는다. 나는 성격이 담백한 인간이라고 생각해왔는데 "뚱뚱한 게 뭐가 나빠?"라며 당당하지 못한 모습에 스스로도 놀랐다. 이것은 나의 욕심이 과한 부분인지도 모른다는 생각에 어처구니없어 한숨을 쉬면서도 '어떻게 좀 했으면 좋겠는데.'라며 한껏 나온 아랫배를 쓰다듬는 나날이 이어지고 있다.

작년 12월에 쉰 살 생일을 맞이하자마자 엄청나게 코가 막히더니 결국 감기에 걸려 정월을 불쾌한 기분으로 보내야 했다. 쉰 살이라고 하면 보통 인생의 전환점이라고 하니 별 생각 없이 지내는 나도 나름대로 뭔가 기대했는데, 시작부터 코가 막히고 감기에 걸려 말 그대로 큰코다친 기억만 남겼다. 하지만 어쨌든 감기도 그럭저럭 나았고, 화분증에 시달리지도 않고 그럭저럭 무사히 지내고 있다. 바라기는 지인처럼 쉰 살이 되자마자 훌륭하게 뚝 하고 생리가 끊기기를 기대했지만 그렇게 바라는 대로 되지는 않았다. 한 번씩 건너뛰기는 하지만, "어머, 지금 오셨어요?" 싶은 시기에 손님이 찾아온다. 이쪽도 사정이 있는데 갑자기 찾아오거나, 올 줄 알았는데 오지 않거나 하면 맞이하는 입장에서 어떻게 해야 좋을지 모르겠다. 손님이 찾아와줘도 도움이 되는 일은 하나도 없으니까 빨리 관계를 끊고 싶다. 이제 그만 사양하고 싶다.

최근 들어 갑자기 원래 성격에 갱년기 예민함까지 어우러지면서 투덜투덜 불만을 내뱉는 일이 많아졌다.

"이놈도 저놈도 짜증 나."라는 상태다. 정치가, NHK, 사회보험청은 물론이고 그 외에 일상생활 속에서도 짜증 나는 사람을 몇 번이나 만난다. 그럴 때마다 "어떻게 그러냐?"라고 화가 치밀어 오른다. 세상에는 이런 사람도 있고 저런 사람도 있다고 생각하며 무시하지 못한다. 그런 경우 보통 상대방은 둔감한 사람이 많아서 그 사람은 그다지 심각하게 생각하지 않고 나 혼자 부글부글 화내고 있다고 생각하면 그게 또 짜증이 난다. 다른 사람의 기분을 배려한다면 상대방이 화날 만한 발언을 하거나 행동을 할 수 없을 텐데, 그런 문제가 있는 사람이 둔감하여 아무렇지 않게 지내는 것에 대해 치미는 부아를 누를 수가 없다. 최근에는 텔레비전을 봐도 짜증 나는 내용뿐이라 거의 보지 않고 지낸다. 이전에 중장년을 타깃으로 하는 화장품 광고에서 나왔던 '오십이 되어 보니 즐겁다'는 내용의 카피를 떠올리고는 "지루하지도 않지만 당신이 말하는 만큼 즐겁지도 않아."라고 말해 주고 싶어졌다. 아무리 시간이 흘러도 편해지지 않는 것이 인생이라고 달관하고 싶지만 생각처럼 쉽게 되지는 않는다.

호메오파시를 받고 증상이 극적으로 개선되었으나 격무에 시달린 끝에 다시 상태가 나빠졌던 친구는 다시 증상이 개선될 기미가 보였다. 왔다 갔다 하는 상태이긴 하지만 체중도 늘어나고 좋은 경향을 보이고 있다. 이전에는 보좌해줄 직원이 없어서 모든 일을 혼자 처리해야 했는데, 지금은 지방 출장에도 새로 들어온 직원이 동행하기 때문에 그것만으로도 안심이 되었다. 불안한 몸 상태로 혼자 이동하다 보면 긴장하게 되고, 그 긴장 때문에 몸이 더 나빠지기도 한다. 만에 하나 무슨 일이 있을 때 지원해주는 사람이 있다는 것은 중요한 일이다.

"사고방식이 조금 변했어."

그녀가 말했다. 그녀는 성실하고 정직한 사람이라 다른 사람에게 폐를 끼치는 것을 싫어했다. 하지만 이제는 무슨 일이 일어났을 때 주변에 있는 사람에게 의지해야겠다고 생각하게 되었다고 한다.

요즘은 세상이 살벌하여 아무도 믿을 수 없다는 생각에 사로

잡힐 때도 있지만, 짜증 나는 일이 많은 일상생활 속에서도 다른 사람의 친절과 인정을 느끼는 일도 많다. 어떤 세상이라도 모든 사람의 마음이 거칠어져 밑바닥에 떨어져 있지는 않다. 예전보다 비율은 줄었는지 모르지만 성실한 사람은 언제나 존재한다. 자신이 곤란할 때는 남에게 도움을 받고, 반대로 곤란한 사람을 봤을 때는 자신이 도와줘야겠다고 사고방식이 변했다고 했다. 몸 상태가 나쁠 때는 혼자서 어떻게든 해결해보려고 아무리 애써도 한계가 있다. 어떤 때는 가까운 곳에 있는 모르는 사람에게 도움을 받아야 한다.

"그러는 편이 좋아. 나쁜 사람도 있지만 친절하고 상냥한 사람도 분명 많을 테니까."

나는 고개를 끄덕였다.

그로부터 일주일 후 간사이 지방으로 출장을 다녀온 그녀의 안색이 나빴다.

"정말로 순식간에 상태가 나빠졌어. 도쿄 역에서."라며 화가 나 있다.

"가기 전에는 갑자기 나빠진 적이 없었는데. 그런 인간이 있으니 정말로 민폐야."

이야기를 자세히 들어보니 직원과 함께 출장을 갔는데 돌아오는 신칸센 안에서 코트 주머니에 분명히 넣어뒀다고 생각한 승차권이 사라졌다는 것을 알게 되었다. 도쿄 역에 도착하여 함께 갔던 직원이 "어떻게 해야 할지 물어보고 올게요."라며 역에 있던 젊은 여성 역무원에게 물었다. 그러자 제복을 입은 그 여성 역무원(나는 그녀의 이름도 분명히 들었지만 여기서는 밝히지 않겠다)은 퉁명스럽게 역무실로 가라고 말했다. 친구는 역무원의 귀찮은 듯한 대응을 보고 그 자리에서 직원을 기다리면서 '저런 태도로 어떻게 고객을 상대하는 구내 역무원으로 일하는 건지.'라고 생각하며 그 여성을 쳐다봤다. 그때 나이가 지긋한 여성 두 명이 나타났다. 두 사람은 굉장히 화가 나 있었다.

"저기 잠깐만요, 할 말이 있는데요."

두 사람은 퉁명스러운 반응을 보였던 그 역무원에게 말을 걸었다. 문제가 생겨 창구에 갔는데 거기 있던 직원의 대응이 너무나 엉망이니 어떻게 좀 해달라는 것이었다. 그러자 그 이야기를 들은 역무원은 표정 하나 바뀌지 않고 퉁명스럽게 말을 내뱉었다.

"제가 한 일도 아닌데 제게 말씀하셔서봐야 소용없어요."

옆에서 듣고 있던 친구는 머리에 피가 훅 솟구쳐 올라 "저기요, 잠깐만요."라며 끼어들었다.

"지금 이분들이 곤란해 하시는데 당신 JR 직원이잖아요. 말투가 그게 뭐예요? 실례 아닌가요?"

갑자기 옆에 있던 전혀 모르는 여성이 끼어들자 처음에는 놀라서 어리둥절하던 두 여성도 "맞아요. 다들 그렇게 생각한다고요."라고 계속 불만을 호소했다.

가령 조직에 소속되어 급여를 받는 경우라면, 아르바이트든 정사원이든 외부에서 클레임이 들어오면 자신이 한 일이 아니라고 해도 일단 상대를 불쾌하게 만든 사실에 대해 "죄송합니다."라고 사과하는 것이 상식이다. 무엇보다 JR은 서비스업이지 않은가. 세 사람이 입을 모아 그런 태도가 얼마나 나쁜 것인지 말해도 그녀는 불쾌한 표정을 지우지 않고 무뚝뚝한 얼굴로 서 있었다. 자신의 경솔한 행동에 대해 추궁당하자 고집이 생겨 무시하는 작전에 돌입한 모양이었다. 이것은 요즘 젊은 사람의 전형적인 태도이기도 하다. 자신이 불리한 입장에 몰리면 묵비를 고수한다.

"가만있지 말고 어떻게 좀 해봐요."

세 사람이 호소하는 불만을 부루퉁한 얼굴로 듣던 그녀가 겨우 입을 열었다.

"사람은 누구나 실수할 수 있잖아요."

그 말을 들은 친구는 다시 머리에 피가 솟구쳐서 "잠깐만요. 그런 불손한 말투가 괜찮다고 생각하는 거예요? 그런 문제가 아니잖아요."라며 화를 냈다. 두 중년 여성에게 이 여성 역무원은 끝까지 사과 한 마디 하지 않고 모르는 척했다.

어처구니가 없어 그녀를 째려보며 직원을 기다리고 있으니 직원이 파르르 화를 내며 돌아왔다.

"너무해요. 역무원 아저씨들 대응이 너무 형편없어요. 어떻게 할 수 없을까요?"

그렇게 말하다가 주위를 감싸고 있는 불온한 분위기를 느끼고는 "무슨 일 있었어요?"라고 작은 목소리로 물었다. 친구가 사건의 전말을 설명하자 직원은 "이놈도 저놈도 너무하네요. 대체 세상이 어떻게 된 건지."라고 더욱 흥분했다.

중년 여성들도 역무원의 대응에 어이없어하다가 그 자리를 떴다.

"그런 놈들 덕분에 내 갱년기 장애가 도졌어."

친구는 담담하게 말했다.

"그것 참 수고가 많았어."

이야기를 듣는 것만으로도 짜증이 났다. 승차권을 잃어버린 것은 잘못이지만 거기에 대해 불쾌한 경험을 하게 만든 그들의 태도는 확실히 나쁘다. 방향치인 나는 정중하게 안내해주는 JR 직원에게 도움을 받은 적이 여러 번 있었고, 친절한 사람도 많겠지만 그런 직원의 이야기를 들으면 정말로 맥이 탁 풀린다. 분명히 사람을 상대하는 일, 더구나 이용객을 도와야 하는 일에는 맞지 않는 사람이다. 그런 사람을 다른 사람들 앞에 내놓지 않았으면 좋겠다.

말은 이렇게 하지만 어딘가에서 나도 "아, 저 아줌마 왜 저렇게 우물쭈물해?"라고 누군가를 화나게 할 가능성도 크다. 인간관계에 자극이 있는 편이 '모두 좋은 사람'인 태평한 세상에서 사는 것보다 머리에는 좋을지도 모른다. 무례하고 불손한 사람을 안타깝고 불쌍한 사람으로 여기며 달관하지 못하고 "쟨 뭐니?"라는 생각이 들 때 나는 이런 자극이 뇌를 활성화한다고 생각하지 않으면 그 상황을 견딜 수 없다. 그렇다고 "화나게 해줘서 고마워!"라고 말할 기분은 당연히 들지 않고 "두고 보자."라는 말을 내뱉고 싶은 쪽이 성미에는 맞다. 지금까지 짜증이 나는 일은 산더미처럼 많았지만 내가 그들에게 복수하러 가지 않았던 것을 보면 그 스트레스를 어딘가에는 발산하고 있는 모양이다. 대체 어떻게 발산하고 있는지는 스스로도 모르겠다. 삶은 기쁨이기도 하지만 귀찮은 일이기도 하다. 오십이 되어보니 도저히 단호하게 인생은 즐겁다고 말하지는 못할 것이었다.

남
성
의

갱
년
기

여성의 갱년기도 보통 일이 아니지만 나는 앞
으로는 남성의 갱년기도 상당히 큰 문제가 될 것이라는 생각이
들었다. 최근에는 '젖은 낙엽(일본에서 퇴직한 남성을 부르는 표현이
다. 퇴직 후 아내에게 딱 붙어 떨어지지 않는 모습이 한 번 붙으면 웬만해서
는 잘 떨어지지 않는 젖은 낙엽과 비슷하다고 해서 이런 표현이 생겼다 - 옮
긴이)'이라는 말을 듣기 힘들어진 것을 보면 남성도 이대로는 안
되겠다며 퇴직 후 삶의 방식에 대해 생각하게 되었는지도 모른다.

'젖은 낙엽'이란 표현을 흔히 듣던 시절 나는 그 전형적인 장

면을 목격했다. 평일 오전 무렵 대형 수예점에 가면 아내로 보이는 여성 뒤에 딱 붙어서 떨어지지 않는 아저씨가 있었다. 그러다 아내가 뭔가 말하면 기다렸다는 듯이 매장 안을 빠른 걸음으로 돌아다닌다. 그러고는 "엄마, ○○엄마."라고 밝은 목소리로 아내를 손짓하며 불러 찾는 물건이 놓여 있는 진열대를 가리킨다. 그러면 아내는 "아, 그래."라며 특별히 고마워하는 기색도 없이 그가 서 있는 곳으로 걸어간다. 그런 시간대에 수예점에 있는 사람은 어린 아이를 데리고 온 여성 아니면 중장년 여성이 거의 대부분이다. 남성은 전혀 없다고 해도 좋다. 조용히 있어도 존재감이 될 텐데 남편에게 큰 소리로 "엄마."라고 불린 아내는 얼마나 부끄러웠을까. 그 장면을 본 나는 "남자들의 중년도 힘들겠다."라고 고개를 끄덕였다.

회사에 근무하던 시절에 그는 틀림없이 열심히 일했을 것이다. 일밖에 모르다가 퇴직한 후에 할 일이 없어지면 무엇을 해야 할지는 물론이고 자신이 무엇을 하고 싶은지도 모른다. 집에 있어도 지루하다. 아내는 가사에 취미 등 할 일이 많은데 자신은 멍하니 있을 수밖에 없다. 회사에서 자신에게 아무 일도 주어지지 않을 때의 공포를 알기 때문에 가정에서도 아무것도 하지 않는 것은 공포다. 이대로 있다가는 아내마저도 등을 돌릴지도 모른다는 생각이 들기 시작한다. 그래서 무조건 우선은 아내의 껌

딱지가 되어 찰싹 붙어 있으면 어떻게든 되리라는 생각으로 수예점까지 발을 들여놓았을 것이다. 지금까지 경험해본 적 없는 수예에 관심이 생긴다면 새로운 세계가 펼쳐졌을지도 모르지만 안타깝게도 그는 그렇게 보이지는 않았다. 진열된 상품에는 전혀 관심이 없고 어떻게든 아내의 기분을 망치지 않도록 무척 신경을 쓰고 있었다.

또 얼마 전에 볼일이 있어 나갔다가 역 주변을 걷고 있을 때였다. 맞은편에서 니혼햄 파이터스 소속 야구 선수 신조 츠요시(新庄剛志)와 똑 닮은 체형의 남성이 걸어오는 것이 아닌가. 얼굴도 무척 작았다. 몸이 드러나는 정도는 아니지만 나름 딱 붙는 티셔츠와 바지를 입고 있었고, 그 모습에서 '나는 몸에 무척 자신 있음'이라는 분위기가 피어올랐다. 그런데 점점 가까워질수록 그의 얼굴을 확실히 알아볼 수 있게 되자 나는 깜짝 놀랐다. 몸은 신조인데 얼굴이 아야노코지 키미마로(綾小路きみまろ: 1950년생 일본 만담가, 개그맨 ― 옮긴이)였다. 생김새가 닮은 것뿐만 아니라 연령도 아무리 봐도 그와 동년배거나 젊어도 나와 엇비슷해 보일 정도로 깊은 주름이 있었다. 얼굴 쪽과 몸 쪽 사이의 온도차가 컸다. 나는 '남성도 이런 사람이 있구나.'라고 감개에 잠겼다. 여성을 대상으로 하는 안티에이징이 유행하면서 일부 사람

들이 열을 올리고 있는데, 그는 말하자면 남성 안티에이징을 추구하고 있는 모양이었다. 중장년 특유의 체형이 되지 않도록 트레이닝을 하고 식사도 철저히 절제하고 있을 것이다. 하지만 안타깝게도 얼굴은 아야노코지 키미마로다. 남성의 안티에이징은 여성보다도 더 곤란해 보인다.

여성을 대상으로는 중장년층의 니즈를 잘 파악하여 사람들의 욕구에 딱 맞춘 상품이 개발되기도 하고, 예전보다는 정신적인 부분도 관리받을 수 있게 되었다. 하지만 남성을 위한 대책은 전혀 준비가 되어 있지 않아, 겉모습뿐만 아니라 늘어가는 현실에 대해서도 남성은 여전히 의식이 희박한 느낌이 든다. 겉모습은 옷을 입는 센스나 헤어 관리 등으로 꾸밀 수 있지만 문제는 내면 관리다.

대부분의 가정에서 세월이 흐르면 흐를수록 아내가 주도권을 잡는다고 한다. 하지만 아내가 하는 말을 듣고만 있으면 만사 오케이라고 생각하는 것도 문제다. 대체로 기혼 남성의 대부분은 자신이 몸을 움직일 수 없게 되었을 때 아내가 자신을 돌봐줄 것이라고 생각한다. 그래서 화가 나도 가능하면 아내의 말을 거스르지 않겠다는 사람도 있다. 하지만 자신이 아내를 돌보겠다고 생각하는 남성은 대체 얼마나 있을까? 자신이 간호를 받을 확률과 마찬가지로 아내를 간호할 가능성이 있다는 사실을 완전히 잊고 있는 것 같다. 아내가 남편보다 상당히 어리지 않는 한 남편도 아내를 간호해야 하는 상황이 드물지 않다는 사실을 인식해야만 한다.

지금까지 주변에 있는 남성을 보면서 그들은 몇십 년 후를 상상할 때 '아내가 자신을 돌봐줄 것이라고는 생각해도 아내를 돌봐야 하는 입장이 될 가능성은 전혀 생각하지 않는다.'는 것을 느꼈다. 어떤 근거로 자신이 간호받을 상황만 생각하는지. 누가 간호하느냐 마느냐의 문제가 아니라 여성을 대하는 남성의 마음가짐이 그렇다. 여성도 타산적인 사람은 많지만 남성은 생활 속에서 자신이 맡아야 할 문제를 못 본 척하고, 자신이 적극적으로 하지 않아도 되는 부분에서는 눈을 돌리고, 자신의 상황에 맞춰줄 여자를 찾고 있는 듯한 기분이 들었다. 모두가 그렇게 일이 잘 풀리는 것도 아닌데 생각대로 안 되었을 때 어떻게 할지에 대한 위기감이 결여된 느낌이 든다.

최근에는 '젖은 낙엽'이 되기 전에 생각을 바꿔 현역으로 일하고 있을 때부터 취미를 갖는 사람도 증가했고, 아내의 간호를 하는 남성도 많다. 그런데 한편으로는 중장년 남성의 자살이 증가하고 있다. 이제부터는 사회와의 관계성이 변화하고 몸 상태도 변화하는 남성의 갱년기 장애도 돌봐야 할 필요가 있을 것이다.

남성 직장인에게 들었는데 자신이 서른 살이 되었을 때 쉰 살이 넘은 상사가 "뭐든 상관없으니 지금부터 취미를 만들어둬. 나중에 곤란해지니까."라고 말했다고 한다. 확실히 취미는 무척 중요하지만 모두가 취미를 즐길 수 있는 것도 아니다. 마음에 여유가 있는 사람은 일도 하고 나름대로 취미 생활도 즐기지만, 많은 남성은 일하는 것만으로도 힘에 겨운 상태라 도저히 그럴 여유가 없다. 요즘 남성들은 묘하게 외고집에 지나치게 성실하다. 차별적인 표현을 빌려 말하자면 확실히 여성화되었고, 언제나 머릿속이 히스테릭한 상태인 것처럼 보인다. 내가 젊었을 때 직장에서 남성들이 자주 "그래서 여자는 안 돼."라고 말하고는 했는데 그 상황이 지금 남성들에게 딱 맞아 떨어진다.

대체로 그들은 잘 운다. 감동적인 영화를 봤다든가 슬픈 일이 있었다면 그럴 수 있다고 이해하겠지만 일과 관련해서 징징거리며 눈물을 흘린다. 일하다 실수를 하고는 상사에게 혼나면 운다. 어떻게든 변명을 하려고 애쓰다가 누가 봐도 자신의 실수이고 도망칠 수 없다는 사실을 깨달으면 운다. 여성 중에도 그런 사람이 있긴 하지만 남성이 우는 비율이 높아졌다. 자기가 맡은 일을 하다 실수하고는 울다니 최악이다. 울고 싶으면 사람들에게 보이지 않는 장소에서 가서 울라고 말하고 싶을 지경이다. 야단치는 상사 앞에서 뻔뻔스럽게 훌쩍훌쩍 울고 있으면 그 장면을 보고 있는 상사가 얼마나 기가 막힐지 눈에 선하다.

여성은 생리주기 때문에 심리 상태가 일정하지 않고 기분이 오르락내리락해서 곤란하다는 이야기도 자주 들었다. 아무리 여성화되었다고 해도 당연히 남성이 생리를 하지는 않는다. 그런 남성이 자기 몸 상태에 따라 판단력이 왔다 갔다 하는 바람에 나도 당혹스러웠던 적이 있다. 애초에 여성은 기분이 오르락내리락하고 남성은 기분이 일정하다는 생각도 아무런 근거가 없다. 남녀 성별과는 관계없이 사람마다 제각각 다를 뿐이다.

편집자는 내 원고를 제일 먼저 읽는 사람이므로 그 사람의 판단력이 흔들리면 나는 곤란하다. 글을 쓸 때는 모든 것이 처음부터 확실하게 정해져 있지 않고 써나가는 사이에 다소 수정을 한다. 그런데 소설을 쓸 때 처음에는 괜찮다고 했던 인물설정을 남성 편집자가 나중에 문제가 있다고 지적하고 나오는 바람에 이제 와서 어쩌라는 건지 어안이 벙벙했다. 여성 편집자 중에는 그런 사람이 한 명도 없었다. 그는 갑자기 이런 설정은 좋지 않다는 지적을 했다. 비슷한 상황을 여러 번 썼었는데 그때만 지적이 들어왔다. '대체 왜?'라며 고개를 갸웃거리며 생각해보니 그가 허리 통증이 심하다고 했던 일이 떠올랐다. 본인의 몸 상태가 나쁘다 보니 자신이 불편하게 느껴지는 것은 배제하고 싶은 것인가 생각하며 그의 지적을 무시했다. 몸이 아픈 것은 안됐지만 그 때문에 판단력이 좌우되면 나는 무척 곤란하다. 연재가 끝났을 때 "사실은 그때 몸 상태가 최악이라 이상한 지적을 했습니다. 죄송했습니다."라고 그가 사과했다. 나중에라도 깨달아서 다행이지만, 남성이라고 기분이 일정하지만은 않다는 것을 보여줬다. 여성도 마찬가지로 괴로울 때도 아플 때도 있다. 여성은 "여자라서 어쩔 수 없네."라는 경멸인지 포기인지 알 수 없는 남성의 말을 듣고 싶지 않아 잘 대처해왔던 부분도 있는데, 상당히 여성화 되어가는 남성들은 과연 어떻게 할까?

"이래서 남자는 어쩔 수 없어."라는 말을 여성에게 듣게 될 날도 머지않아 보인다.

일에서 남녀차이가 사라지는 것은 좋은 일이지만 남성이 쉽게 울거나 히스테리를 일으키거나 판단이 컨디션에 좌우되는 것은 문제다. 많은 여성들은 힘들어도 겉으로 드러내는 것은 좋지 않다고 여기며 마음속에 눌러 담고 참고 견딘다. 하지만 여성은 마음에 담아뒀던 것을 솔직하게 내보일 장소를 스스로 찾을 수 있고, 돌봐주는 장소도 있다. 반면 젊은 남성은 자신이 힘든 부분을 아무데서나 있는 그대로 다 드러낸다. 젊을 때는 체력으로 어떻게든 극복할 수 있지만 중장년이 되면 분명히 힘들어진다. 갱년기 예비군 남성, 그들을 보고 있으면 빠른 시일 내에 어떤 대비를 하는 편이 좋지 않을까 하는 노파심이 든다.

발표회
다이어트

나는 노후의 즐거움으로 삼을 생각으로 2000년 5월부터 고우타와 샤미센을 배우기 시작했는데, 바로 얼마 전에 두 번째 발표회가 있었다. 보통은 신년회, 송년회, 여름 발표회, 이렇게 1년에 세 번 정도 발표회를 하는데, 대부분 일본요리점의 연회실에서 열리는 지극히 작은 내부 발표회다. 그런데 이번에는 우리 스승님의 팔순 기념회로 다른 곳에 소속되어 계신 스승님들도 초대하여 니혼바시(日本橋)에 있는 미쓰코시 극장(三越劇場)에서 전체 순서가 100번까지 있는 연주목록을 꾸리게 되었다.

그렇게 중년이 된다

나는 잘 모르겠지만 일단 미쓰코시 극장이라고 하면 상당히 위상이 있는 모양이다.

"미쓰코시 극장에서 발표회가 있어서요."라고 말하면 일본 전통음악을 배우는 분들이 "어머, 대단하네요."라는 말씀을 하신다. 이런 얘길 들어도 나는 그게 어떻게 대단한지 모른다. 본인이 잘 알지 못하는데 주변 사람들에게 "미쓰코시라니 대단하네요."라는 이야기를 들어봐야 대단한 것은 미쓰코시 극장이지 내가 아니므로 "아, 그런가요?"라고 대답할 수밖에 없다. 나는 장소가 어디가 되었든 틀리지 않고 연주만 하면 되기 때문에 열심히 연주 기술을 갈고닦아야만 했다. 그것이 제일 큰 압박이었다.

"모두가 그렇게 훌륭하다는 장소에서 실수를 할 수는 없잖아."

생각하면 생각할수록 마음이 무거워졌다.

나는 원래부터 발표회를 별로 좋아하지 않는다. 평소 연습만으로 충분하다고 생각하지만, 역시 집중하여 한 곡을 연습하는 덕분인지 발표회에 나가기 전과 나간 후를 비교해 보면 다소 발전했다는 것이 스스로도 느껴진다. 발표회도 그렇게 싫어만 할 것은 아니라고 깨닫기는 했지만 역시 흔쾌히 하고 싶은 것도 아니다. 1년 넘게 곡을 연습해도 완벽하게는 연주하지 못한다. 완벽할 때도 있고 그렇지 않을 때도 있다. 이 부분 연주가 잘되면 저 부분이 안 된다. 모든 것이 연주하는 그 순간에 따라 달라지는 한심한 실력이다.

곡을 외운 후에는 나머지는 스스로 연습하는 수밖에 없는데 솔직히 이번에는 조금 긴장을 늦추고 있었다. 지난번 가야바초(茅場町)에 있는 증권회관 홀에서 발표회를 했을 때는 첫 무대이기도 하고, 스승님께 예명을 받는 발표회도 겸했기 때문에 힘이 잔뜩 들어가 있었지만, 이번에는 예명을 받는 다른 분들이 메인이기 때문에 그 외의 다른 사람들 틈에 적당히 섞여 있으면 된다는 마음이었다. 연주할 곡은 초여름 발표회에서 자주 연주되는 〈강물〉이라는 유명한 곡이다. 물론 나는 혼자서 무대 위에서 샤미센을 연주할 만한 기술은 없기 때문에 기본 선율에 맞춰 다른 선율로 반주하는 가에테(替手)는 명인으로 불리는 스승님께 부탁드렸다. 고우타를 맡아주시는 스승님도 가에테를 해주시는 샤미센 스승님도 내게는 송구스러운 분들이라 그것만으로도 엄청난 압박이 느껴졌다.

"스승님 얼굴에 먹칠을 할 순 없지."라고 실수할까 걱정을 하면서도, 두 번째 무대이기도 해서 그런지 한구석에 "어떻게든 되겠지."라는 마음이 자리 잡고 있었다.

이런 발표회는 대부분 입장료가 무료이므로 출연자인 우리가 참가비를 지불하여 경비를 충당한다. 참가비는 장소에 따라 금액이 달라진다. 역시 그 점에서도 미쓰코시 극장은 미쓰코시 극장이었다. 주머니 사정을 생각하면 두근두근, 연주를 생각해도 두근두근, 그런데도 "어떻게든 되겠지."라고 어쩐지 대담하다. 묘하게 언밸런스한 심리 상태로 "큰일이네, 빨리 끝났으면."하는 생각만 했다.

한 교실에서 함께 배우는 분들과 얼굴을 마주칠 때도 나오는 것은 한숨뿐이었다. 최근 이삼 년 사이에 젊은 사람과 새로운 분들이 갑자기 많이 들어왔기 때문에 이번 우리 모임에서는 여성 제자 열일곱 명이 참가하는 가운데 나는 세 번째 고참이 되어버렸다. 위로 두 분은 20년 넘게 고우타를 해온 베테랑이다.

"아무리 해도 잘 안 돼요. 어떻게 해야 좋을까요?"

대부분의 사람이 무대가 처음이라 걱정인 모양이다. 일단 먼저 시작한 사람으로 "괜찮아요. 어떻게든 될 거예요."라고 위로하지만 사실 누구보다도 자신이 가장 괜찮지 않다. 연습 시간에도 되다가 안 되고, 안 되다가 되기도 해서 매번 "어흐흑."하고 고개를 숙일 수밖에 없었다. 좀 더 힘을 기울여야 한다고는 생각하지만 지난번과는 다르게 역시 어딘가 긴장을 풀고 있다.

전통 음악 발표회에서는 리허설을 시타사라이(下浚い)라고 부

르는데, 이 시타사라이는 발표회를 할 실제 무대에서 하지 않는다. 그러므로 극장이 어떤 곳인지 어떤 느낌인지는 당일 무대에 서보지 않으면 모른다. 그게 또 무섭다. 프로그램 앞쪽은 버리는 번호라고 하여 장소에 익숙해지기 위한 짧은 곡을 부르는 순서로 되어 있지만 버리는 번호에 노래를 부르는 것과 정식 차례에서 샤미센을 연주하는 것은 상당히 기분이 다르다. 어떤 무대일지 가늠할 수 있으면 좋겠지만 그게 안 되는 것이 괴롭다. 전부 발표회 날이 되어야 한다. 나는 고우타를 불러주는 스승님과 가에테를 연주해주는 스승님을 시타사라이 날 처음 만나 함께 연주했다. 그때 뭔가 조절해야 할 부분을 서로 맞추면 준비는 끝이다. 정말 이것으로 충분한지 어이없는 일이다. 선배 제자 분들 중에서는 "발표회 자체보다 시타사라이가 더 두려워."라며 걱정하는 사람도 있어서 긴장되고 불안한 분위기가 퍼져 있었다.

시타사라이 때는 회장님을 비롯한 다른 스승님들도 모두 다정하게 말을 걸어주기도 하지만 역시 나도 최고조로 긴장되었다.

'아, 어쩌지. 아, 큰일이네.'라는 생각뿐이어서 문득 정신 차려 보니 엄청나게 발이 저렸다. 샤미센을 배우기 전에는 전혀 정좌를 할 수 없다가 연습을 하다 보니 30분 정도는 앉을 수 있게 되었지만 역시 1시간, 2시간, 3시간이 지나면 견디기 힘든 상태가 된다. 상승세를 타고 있는 체중이 짧은 다리 위에 떡하니 얹혀 있으니 그대로 다리가 방석과 동화되어버리는 건 아닐까 걱정이 되었다. 겨우 적당한 때를 살펴서 연습실 바깥쪽 복도를 걸어보고 사람이 없는 곳에서 허리 굽히기 운동도 해보았다. 고우타와 샤미센뿐만 아니라 연주와 전혀 상관없는 이런 문제까지 튀어나오다니.

프로그램 순서대로 시타사라이가 진행되어 내 순서가 되었다. 그런데 어떻게 된 일인지 무척 편안하게 연주를 했다. 아무런 문제없이 연주를 끝내고 나는 그만 좌절했다.

"이, 이보다 더 잘 연주할 자신이 없어……."

1년 넘게 이 곡을 연습했다. 지도를 받을 때 스승님 앞에서도 연주했고 집에서도 연습했다. 그런데 오늘이 내게 있어 최고의 연주였다. 이번과 똑같은 연주가 실전 무대에서 가능하리라고는 도저히 생각할 수 없었다.

"망했다……."

아아, 무대에서는 절대로 제대로 못할 거라는 생각이 한참 들더니 이번에는 화가 나기 시작했다. 어째서 나는 이렇게 고민해야 하는가. 출연료를 받는 입장이라면 관객에게 실례되지 않는 모습을 보여줘야만 한다. 하지만 나는 참가비까지 낸다.

"돈까지 내면서 어째서 이렇게 덜덜 떨어야 해? 당당해도 팬

찮잖아.”

이렇게 생각한 이상 물러설 수 없으니 나는 화를 내면서도 일
단 곡을 몇 번이고 연습해뒀다.

발표회 당일은 6시 전에 일어나 아침을 먹고 화장실을 다녀
와서 몬쓰키에 후쿠로오비까지 전통예복을 갖춰 입고 샤미센을
들고 택시를 타고 나왔다. 발표회 초대장을 보낸 사람 중에는 첫
회부터 오신 분도 있었다. 문제의 샤미센 본무대는 처음부터 손
가락이 엉키고, 음을 빠트리고, 왼손은 현을 제대로 누르지 못하
고 ‘아······ 이런. 오늘 끝장이군.’ 이런 분위기였지만 겨우 바로
잡아 중간에 끊어지지 않고 어찌어찌 연주를 끝냈다. 역시 내 예
상대로였다. 프로는 시타사라이에서 제대로 연주를 못해도 본
무대에서 최고를 이끌어내지만 슬프게도 아마추어인 나는 시타
사라이에서 최고를 선보이고 말았다.

어쨌든 발표회가 끝났으니 자유다. 우리 샤미센회에서 이번
에 예명을 받은 분들이 주신 답례품과 선물 받은 과자 등을 들
고 집에 돌아오자 8시 반이었다. 잠시 긴장이 풀려 멍했지만 아
무튼 끝났다는 사실이 행복했다. 저녁을 먹고 체중을 재어보니
무려 1.5킬로그램이나 줄어 있는 것이 아닌가! 발표회장에서 주
먹밥과 샌드위치, 만두 같은 음식을 꽤 먹었는데도 말이다. 덕분

에 순식간에 기분이 좋아졌다. 최근 이삼 년간 체중이 줄지 않아 얼마나 고생했는지. 그랬는데 하루만에 1.5킬로그램이나 줄다니. 매일 발표회를 한다면 다이어트는 간단한 일이겠다는 생각이 들었다.

기쁜 마음으로 마루에 누웠다가 다음날 아침 눈을 떴더니 몸이 말도 못할 상태가 되어 있었다. 등과 양쪽 팔이 아팠다. 특히 오른쪽 팔꿈치에 통증이 느껴졌다. 양쪽 다리도 아팠다. 나도 모르는 사이에 몸 전체의 근육이 긴장했던 모양이다. 지난 번 발표회 때는 이렇지 않았는데 역시 쉰 살을 넘으면 이렇게 되나보다.

"난리도 아니네……."

팔을 주무르면서 나는 중얼거렸다. 노후의 즐거움을 위해 시작한 고우타와 샤미센인데 그때까지 내 체력은 견딜 수 있을까. 대선배인 스승의 건강함에 놀랐다고 이전에도 쓴 적이 있는데, 이번에 처음 몸에 통증을 느끼고 '일본 전통 음악을 하시는 분들이 건강한 게 아니라 건강한 사람이 남으셨다'는 사실을 새삼스럽게 깨달았다. 건강식품과 마찬가지로 전통음악을 해서 장수하는 것이 아니라 애초에 장수할 체질인 분들이 오래도록 전통음악을 하고 계신 것이었다.

"으음. 내게 노후의 즐거움은 있는 걸까?"

다소 불안해하면서도 체중이 빠진 기쁨과 근육의 통증으로 웃었다 울었다 했다. 그리고 이틀 후 '발표회 다이어트'로 줄었던 체중이 순식간에 되돌아가 나는 힘이 쭉 빠져 털썩 주저앉았다.

나는 일 때문에 컴퓨터를 사용하고는 있지만 기계에 대해서는 잘 모른다. 지금까지 컴퓨터로 작성한 원고를 프린트해서 팩스로 송신했는데, 편집자가 "컴퓨터를 사용하시면 메일로 보내주셨으면 좋겠어요."라고 해서 당황하며 설명서를 꺼내드는 수준이다. 첨부 파일의 존재와 컴퓨터에서 팩스를 직접 송신할 수 있다는 것조차 몰랐다. 원고 송신 순서는 같은 패턴을 반복하면 되니까 문제가 없지만, "지도를 그려서 보내주세요." 같은 요청을 받으면 두 손 들게 된다. 아무튼 정해진 순서 이외에는 아무것도 할 줄 모른다.

휴대전화도 없기 때문에 최신 기기가 어떻게 생겨먹었는지도 전혀 모른다. 옛날 숄더폰(1980년대에 등장한 휴대전화로 무게가 3킬로그램이 넘게 나가 어깨에 걸쳐 받는다고 숄더폰이라고 불렀다 - 옮긴이)을 알고 있는 나로서는 크기가 이렇게나 작아진 것만으로도 깜짝 놀랄 일인데, 별의별 기능까지 잔뜩 들어 있다. 글을 쓰는 일을 하면서도 나는 모르는 것이 너무 많다. 얼마 전엔 한자 '용 룡(龍)'자에서 오른쪽 아래 부분의 둘러싸인 획 안쪽에 있는 가로획 개수가 지금껏 두 개라고 생각하고 있었는데 사실은 세 개였다는 것을 알고는 굉장히 놀랐다. 이 이야기를 친구에게 했더니 "흐음."하면서 휴대전화를 꺼내 들더니 갑자기 문자라도 보내려는지 뭔가를 입력하기 시작했다.

'옆에서 사람이 이야기하고 있는데 문자를 보내다니 실례잖아.'라고 생각했는데 조금 지나 그녀가 "어머, 진짜네."라며 휴대전화를 내 쪽을 향해 보여줬다. 화면에는 무려 '龍'자가 덩그러니 떠있었다. 나는 '龍'의 가로획에도 놀랐지만 휴대전화의 기능에도 놀라고 말았다.

지인 스무 명 정도가 모이는 자리가 있었는데 거기서 휴대전화가 없는 사람은 나뿐이었다. 모두들 카메라 대신 휴대전화를 꺼내 들고 사진을 찍는다.

그렇게 중년이 된다

"그렇구나. 사진도 찍을 수 있구나."라고 중얼거리고 있으니 "뭐래니? 동영상이야."라며 영상을 보여준다. 그러자 화면 속에 좀 전에 내가 본 광경이 흐르고 있었다. 친구의 애완견이 헥헥거리며 열렬히 환영해주는 모습까지 작은 버튼을 누르면 화면에 나온다.

"하아……."

시대를 따라가지 못하는 중년은 그저 놀랄 뿐이었다. 그뿐만이 아니라 휴대전화를 대면 자동판매기에서 물건을 살 수도 있고, 각종 결제도 가능하다고 한다. 전화, 수첩, 주소록, 게임기, 카메라, 비디오, 카드 기능이 탑재되어 있다. 휴대전화가 없는 사람이 보기에는 "그렇게 다양한 기능이 정말로 필요해?"라는 생각이 든다. 그보다 개인 정보와 관련된 기능이 그렇게 많이 들어있는 물건을 잃어버렸을 때를 생각하면 무서워서 몸서리가 난다. 화장실에 빠트리는 사고는 둘째 치고 잃어버려서 나쁜 놈 손에 들어가기라도 하면 어떻게 하는가. 그런 중요한 정보를 수많은 사람들이 아무렇지 않게 들고 다닌다니 믿어지지 않는다. 요즘 젊은이들은 가뜩이나 멍하니 있을 때가 많으니 앞으로 휴대전화를 잃어버려 은행계좌에서 돈을 털리거나 개인정보가 팔리는 사건이 많이 일어나지 않을까 걱정이다. 원래부터 전화를 싫어하는 나는 앞으로도 휴대전화를 사는 일은 없을 것이다.

다만 기억력과 인지력이 굉장히 둔해져 있는 자신의 머리를 생각해서 조금씩 현실에 익숙해지는 편이 좋을지도 모르겠다는 생각을 해볼 때는 있다. 이대로 무관심하게 지내다가는 역에서 승차권도 살 수 없게 될지도 모른다는 걱정이 되었다.

얼마 전 장을 보러 나갔다가 대형 서점 체인점이 보이기에 무심코 발길을 옮겼다. 특별히 사고 싶은 책이 있었던 것은 아니었는데, 서점 안을 둘러보는 사이에 읽고 싶은 책이 하나둘 보이더니 여덟 권 정도가 되었다. 하지만 지갑 안에는 돈이 거의 없었다. 다행히 카드가 있어서 그걸로 계산하면 되겠다 싶어 젊은 여성 점원에게 "카드 사용 가능하죠?"라고 물어봤다. 그러자 그녀는 "어떤 카드인가요?"라고 되물었다.

"네?"

어떤 카드라니? 무슨 말이지? 돈을 지불하는 카드 이외에 여기서 사용할 수 있는 카드가 뭐가 있나? 패스넷(일본 간토 지역 22개 철도 회사에서 사용할 수 있는 승차카드로 2015년 3월 31일로 서비스가 종료되었다 – 옮긴이)도 아니고 포인트 카드도 아니고 은행 현금 카드도 아니고 근처 슈퍼마켓의 에코카드도 아니고 대체 무엇이냐! 마음속으로 절규하면서 "보통 카드."라고 말했다. 그러자 그녀는 "보통 카드는 뭔가요?"라고 다시 묻는 것이 아닌가. 으아아,

그렇게 중년이 된다

이걸로도 여전히 통하지 않는다. 나는 멍한 표정으로 빤히 그녀의 얼굴을 바라보고 말았다. 그녀는 확실히 '이 사람 뭐지?'라는 표정으로 서 있었다. 횡설수설하면서, "그게, 그러니까, 그, 있잖아요. 아멕스라든가 DC 카드라든가……."라고 말했더니 "아, 크레디트카드 말이죠?"라더니 후훗 하고 웃는다.

"아, 그래요. 그거……."

나는 이 대화만으로 무척 피곤해졌다. 그렇구나. 지금은 크레디트카드라고 말하지 않으면 통하지 않는구나. 반성하면서 '너도 내 기분을 좀 생각해봐라.'고 끝까지 사무적이고 냉정한 여성 점원에게 속으로 욕을 했다. 변명을 하려는 것은 아니지만 나는 신용카드를 사용할 때도 늘 일시불로 결제하기 때문에 신용카드라는 감각이 전혀 없었다.

"마루이 카드(일본 마루이 백화점과 카드회사 에포스 카드가 제휴한 신용카드 – 옮긴이)였다면 망설이지 않고 크레디트라고 말했을 텐데……."라고 중얼거리며 나는 서점을 나왔다.

나중에 알게 되었는데 지금은 도서상품권이 도서상품카드로 바뀌었다고 한다. 그것도 몰랐다.

세상에는 "어머."하고 놀랄 일이 가득하다. 이렇게 일상 속에서 일어나는 사사로운 화제조차도 따라가지 못하게 되었다. 노인을 대상으로 사기 치는 놈들의 이야기를 뉴스에서 보고 들을 때마다 이전까지는 분노를 느꼈지만, 이제는 그와 동시에 "나도 노인이 되었을 때 속지 않는다는 보장이 없어."라고 걱정한다. 현실을 파악해두지 않으면 악한 머리를 굴리는 놈들에게 어떻게 구워 삶길지 모른다. 그런 나에게 당장 닥친 문제는 전화회사와 인터넷 프로바이더에서 걸려오는 ADSL인가 뭔가로 변경하라는 마케팅 전화였다. 필요 없으니 전화를 걸지 말라고 확실히 내 의사를 전달했는데 "알겠습니다."라고 대답은 하면서도 이들은 조금도 알아듣지 못했다. 그들은 면밀하게 연락을 주고받으며 서로 짜고 있는지 그 집요함이 말로 다할 수 없었다. 지금 살고 있는 집은 내 집이 아니라 집주인의 승인 없이는 아무것도 할 수 없고, ADSL 공사는 하지 않겠다고 집주인이 말했기 때문에 다시 전화가 오면 그렇게 이야기해야겠다고 만반의 준비를 하고 기다렸다. 아니나 다를까 전화가 왔기에 집주인이 공사는 하지 않겠다고 했다고 말하자 "그렇습니까?"라며 상대는 아쉬운 듯 물러났다. 이삼 일 후에 집주인이 케이블 텔레비전 설비 공사를 한다고 해서 확실히 이것도 인터넷과 관계 있을 것이라고 생각하며 단단히 기억해뒀다. 지난번 통화에서 상대의 태도를 보고 이제 더 이상 전화가 오지 않을 것 같다고 기뻐하고 있었더니 얼마 지나지 않아 "공사는 하지 않아도 괜찮은데요."

라며 다시 전화가 왔다. 내가 갖고 있는 정보를 동원해서 어떻게든 이 귀찮은 마케팅 전화로부터 도망쳐야겠다 싶어 "집주인이 케이블 텔레비전을 설치한다고 했어요."라고 말했더니 그것이 상대의 급소를 직격한 듯 그 말을 듣자마자 기운 없는 목소리로 "그러신가요……."라고 안타까운 듯이 전화를 끊었다.

'오! 해냈다, 해냈어.'

나는 뭐가 뭔지 전혀 모르겠지만 아무튼 귀찮고 끈덕진 작자에게 지금 단계에서는 승리한 것이다.

하지만 앞으로 어떤 수법으로 다시 찾아올지 모른다. 자신의 무지와 상대와의 싸움이다. 지식이 없는 이쪽이 명백히 불리하다. 이번 승리도 거의 얻어걸린 것이나 마찬가지였다. 그렇다면 아무튼 지금부터는 멍하게 지내지 않도록 해야 한다. 제대로 상대와 동등하게 싸울 수만 있다면 노후도 기세 좋게 무엇이든 극복할 수 있을 것 같은 기분이 들었다. 막 이런 생각을 하던 차에 알고 지내던 중년 여성이 입금 사기를 당했다는 이야기를 들었다. 실제 연령보다 훨씬 어려 보이고 발랄한 분이었는데 '사고'라는 단어에 깜짝 놀라 속은 것이다. 건강하고 빠릿빠릿하게 지내면 괜찮다고 생각하던 나는 적지 않게 충격을 받았다.

이 이야기를 친구에게 했더니 친구가 책 한 권을 선물해줬다. 거기에는 초등학교 저학년이 할 법한 4 더하기 5, 7 더하기 6,

1 곱하기 5 같은 식이 줄줄이 적혀 있었다. 이것을 하면 아무튼 뇌가 활성화된다고 한다. 그날부터 나는 매일 초등학생이다.

'어렸을 적 고이시카와(小石川) 지역 일대에서 약삭빠르고 빈틈없고 현명한 아이로 불렸던 내가 어째서 쉰 살을 넘어 이런 것까지 해야 하는가?'

집요하게 착 달라붙어 어떻게든 한 건 올려보려는 일당을 격퇴하기 위해서는 세상이 어떻게 흘러가는지도 파악해야 하고, 매일 몸은 물론이고 두뇌도 관리하는 수밖에 없다. 내가 질쏘냐. 이렇게 생각하면서 한편으로 "아……, 아." 하고 한숨을 내쉬는 현실이다.

그렇게 중년이 된다

호메오파시를 받으며 갱년기 장애 증상이 전진
과 후퇴를 반복하고 있는 친구는 가까스로 여름철을 이겨내고
있다. 다만 마음이 내키지 않는 회의가 있거나 회식 후에는 어질
어질 현기증이 나서 가능한 빨리 레미디를 복용해야만 했다. 그
때문에 구급용 레미디를 항상 가방 안에 넣어 다닌다.

"마음의 보험 같은 느낌이랄까. 가지고 있으면 안심이 돼."

긴급한 순간 이것만 있으면 괜찮다는 생각만으로도 확실히
정신적으로 안정되는 모양이다.

"최근에는 백금을 먹고 있는데……."

이렇게 말하는 그녀의 얼굴이 어두워졌다. 성분이 강해서 그런지 복용하면 현기증이 온다고 한다. 한동안 백금을 계속 먹다가 다시 이전에 먹던 비소로 돌아갔다고 한다.

"무엇이든 상관없으니 빨리 건강한 몸으로 돌아가고 싶어."

갱년기 장애의 증상은 개인차가 있다고는 하지만 어째서 이렇게나 차이가 나는 걸까? 두통이나 치통 같은 증상은 개인이 제각각 다르게 느끼기는 하지만 실질적인 통증에는 그다지 차이가 없을 것 같은 느낌이 든다. 하지만 갱년기 장애는 상당히 다르다. 그 부분이 정말로 알다가도 모르겠다.

얼마 전 나보다도 띠동갑 가까이 어린 여성을 만나 갱년기 장애에 대한 이야기를 했는데 "사실은 저 갱년기란 얘길 들었어요."라는 것이다. 올해 마흔 살이 되는 나이에 말이다. 지금까지 한 번도 방광염 같은 것에 걸린 적이 없었는데 그 비슷한 증상이 나타나 깜짝 놀라 병원에 가서 검사를 받았더니 "갱년기에 접어들었네요."라는 진단을 받았다고 한다. 그녀는 결혼은 했지만 아이는 없는 친구였다.

"최근 미묘하게 살이 찌기 시작했는데, 그게 이전과는 살이 찌는 형태가 다른 느낌이 들어서 이상하다고 생각했거든요."

그것은 바로 내가 최근 경험하고 있는 살이 찌는 형태와 같았

그렇게 중년이 된다

다. 살에 탄력이 떨어지고 자꾸 아래로 처진다.

"이상하다 싶었는데 바로 갱년기라는 이야기를 들었어요."

쉰 살이 되어 들었다면 뭐 어쩔 수 없다고 생각하겠지만 마흔에 갱년기라는 이야기를 들으면 충격일 것이다.

나는 올해 들어 다시 땀이 흐르기 시작했다. 핫 플래시는 아니지만 어쨌든 땀이 흐른다. 그것도 지금까지 땀이 잘 나지 않았던 얼굴과 등이 심하다. 물을 마시지 않으면 열사병 위험이 있다고 해서 수분 보충을 열심히 하고, 외출했을 때 땀을 흘리면 바로 샤워를 하고 옷을 갈아입기를 반복한다. 하여간 "어째서 이렇게 땀이 흐를까?"라고 물어보고 싶을 만큼 흐른다. 그런데도 체중은 줄지 않으니 이보다 더 신기한 일도 없다. 땀을 흘리면 그 후에 피부가 가려워져서 곤란하다. 평소에는 입을 때 아무 문제가 없던 티셔츠라도 그날 몸 상태에 따라 땀이 나자마자 피부가 따갑고 가려워진다. 그날그날 아침에 일어나보지 않으면 몸이 어떤 상태인지 판단할 수 없다. 또 일어났을 때는 컨디션이 그저 그랬어도 오후가 되면서 좋아지기도 하니 도대체 뭐가 뭔지 모르겠다.

알고 지내는 여성이 폐경 직후 감기에 걸려 두 달 후에 겨우 나았는데 낫자마자 이번에는 장염에 걸려 완치하는 데 한 달이

걸리는 바람에 "대체 내 몸이 어떻게 된 건지 모르겠어."라며 화
를 냈다. 발단은 올해 초에 자전거로 이곳저곳 쇼핑을 다녀온 날
밤에 일어났다. 속이 안 좋아져서 털썩 쓰러진 것이 시작이었다
고 했다. 그 후로 감기에 걸리더니 그다음은 장염으로 돌진했다.
확실히 면역력이 떨어져 있었던 모양이다.

"의사 선생님이 겨울철에는 물건을 사러 나갈 때 그렇게 자
전거를 열심히 타고 다녀서는 안 된다고 주의시키셨어."

자전거를 타면 그만큼 공기를 많이 들이마시게 되니 바이러
스가 체내에 들어올 가능성도 큰 것일까. 나는 장보러 갈 때도
오로지 걸어서만 다니고, 한 사람 몫의 장을 보는 일은 대수롭
지도 않아 괜찮지만 가정이 있으면 그 정도로는 해결이 안 되겠
지. 장을 보러 갈 때 자전거를 타지 않으면 분명 시간이 부족할
것이다.

"앞으로는 무리하지 않고 배달을 받든지 자주 장을 보러 나
갈 수밖에 없겠어."

그녀는 한숨을 내쉬었다. 계속해서 몸 상태가 나쁘면 건강에
자신이 없어지므로 당연히 마음도 약해진다. 그렇다고 공기를
마시지 않고 살아갈 수는 없으므로 "정말 난감해."라며 갱년기
동료끼리 어두운 얼굴로 서로 고개를 끄덕이고는 한다.

그렇게 중년이 된다

불과 얼마 전에 나는 저녁 일과인 반신욕을 하고 몸을 씻는 도중에 갑자기 속이 안 좋아졌다.

"어, 이상한데."라며 당황하는 사이에 구역질이 나서 발가벗은 채로 욕실 옆 화장실로 직행했지만 아무것도 나오지는 않았다. 그리고 그 직후에 변의가 느껴져 그대로 자세를 바꿔 볼일을 봤더니 불쾌한 기분이 가라앉아서 조금 안심했다. 안심하면서 '나도 드디어 갱년기 장애가……'라고 생각했지만 이전에도 이런 일이 있었던 것이 떠올랐다. 위가 안 좋은 느낌이 든 직후에 볼일을 보면 기분이 후련해지는 증상이다.

내보내서 후련하다는 것은 나오지 않아서 기분이 나쁘다는 것이다. 하지만 변비인 것도 아니다.

"혹시 과식?"

최근 며칠 동안 먹은 것을 생각해보니 확실히 과식이었다. 오랜만에 현미밥을 먹어보고 싶어져서 사흘 동안 하루 세 끼를 꼬박 먹었고, 거기에다 이 날은 더워서 저녁 식사 후에 마메칸(豆かん: 콩과 한천으로 만든 일본식 디저트 - 옮긴이)과 구즈키리(葛切り: 칡가루를 반죽하여 익혀 국수처럼 가늘게 잘라 달콤한 소스에 찍어 먹는 일본의 대표적인 여름 디저트 - 옮긴이)까지 먹었다. 손으로 배를 문질러 보니 아직도 빵빵하다.

"몇 번이나 똑같은 짓을 반복하니?"

자신의 어리석은 행동에 어이없어하며 집에 상비해둔 케이메이가신산(惠命我神散: 일본 케이메이도 주식회사의 가루로 된 위장약 - 옮긴이)을 먹었더니 속이 편해졌다.

현미를 먹을 때는 꼭꼭 씹어 먹어야 하는데 그러지 않은데다 더워서 차가운 물도 마셨지, 그러니 대번에 위장이 놀라 "지금 장난해? 위로든 아래로든 내보내주마."라며 난동을 부린 것이다.

"대단히 죄송합니다."

오십이나 되어서 어린애들처럼 먹어서는 안 된다고, 내장에게는 사과하고 자신의 뇌에게는 야단을 치는 동시에 깊이 반성했다.

적당히 알맞은 식사를 못하는 성격을 고치고 체지방률을 보통 수준으로 돌려놓기 위해서 다이어트를 해야겠다고 진지하게 생각하면서 최근에는 당뇨병 치료식을 따라 해보고 있다. 이 식단에 이전에 했던, 체중을 기록하기만 하면 되는 체중 측정 다이어트를 병행한다. 이것도 안 되고, 저것도 안 되고, 사사건건 금지당하면 꾸준히 이어갈 수 없지만 이런 방식이면 적은 양이긴 해도 달콤한 음식도 먹어도 되기 때문에 해볼 마음이 생겼다. 이 방식이 괜찮아 보여서 처음으로 책을 사서 봤다.

'당뇨병 식사요법을 위한 식품 환산표'를 보면 연령, 운동량

등에 맞는 적정 칼로리를 알 수 있다. 거기에다 식품 한 단위가 그램으로 표시되어 있어 하루 섭취 칼로리에 맞춰, 예를 들어 밥 2단위, 고기 1단위 이런 식으로 적정량을 먹는 것이 이 식사요법의 방식이다. 아무튼 무엇을 먹든 간에 주방 저울을 노려본다. 반드시 하루 세끼를 챙겨 먹으라고 나와 있기 때문에 내가 한 번에 먹을 밥 양은 100그램이었다.

"흐음, 100그램이라."

밥그릇을 저울에 올리고 밥을 담아봤다.

"······."

나도 모르게 빤히 저울을 바라보고만 있었다. 밥그릇의 60퍼센트 정도다. 이전에도 적정 밥 양을 재어보고 불단에 올리는 공양 밥인가 생각한 적이 있는데, 이번에도 역시 마찬가지였다. 거기에다 반찬으로는 연어 한 조각도 못 먹는다. 그러니까 적정량의 식사를 엄수하려고 하면 지금까지 내가 아무렇지 않게 먹어 왔듯이 연어 한 토막에 밥이 맛있다고 고봉으로 두 그릇 먹는 것은 있을 수 없는 일이었다.

"이러니 살이 찌지."

다시 한 번 한숨을 쉬었다. 중요한 것은 칼로리이므로 연어보다 칼로리가 낮은 생선이라면 좀 더 많은 양을 먹을 수 있다. 고기도 소고기보다는 닭가슴살이 먹을 수 있는 양이 많다.

"달콤한 음식은 어떻지?"라며 살펴봤더니, 먹어도 되는 양은 35그램이었다. 찹쌀떡 한 개도 못 먹는다. 물론 그것을 먹으려면 주식을 줄여야 한다.

"으음. 맛있어."라며 배가 부를 만큼 식사를 하고 찹쌀떡 두 개에 호지차 같은 간식을 먹는 일은 불가능했다.

"이러니 살이 찌지."

다시 한 번 중얼거렸다. 적정량을 넘긴 식사를 하고 있었으니 당연히 살도 찌고 내장도 힘에 겨운 비명을 질렀던 것이다.

자신이 얼마나 과식을 했는지를 알게 되었고, 또 그 양에 익숙해져 있는 현실에 아연실색했다. 정말로 생활 습관병이라는 말이 딱 맞았다. 하지만 예전 그대로 폭식을 계속한다면 내장에 문제가 생기는 것은 눈에 보이듯 빤한 일이다. 한동안 성실히 따라 해야겠다고 생각하며 하나하나 저울로 무게를 재어서 식사를 준비했다. 평소의 약 절반 정도인 전체 양을 보면서 그래도 이것이 내가 원래 먹어야 할 식사량이라고 타이르며 먹었다. 물론 배가 부르지는 않았다. 버섯, 해조류, 곤약 등으로 공복감을 채우다 보니 최근에는 일본 된장을 바른 곤약 산적과는 절친한 사이가 된 기분이다. 이런 식단 덕분에 체중은 그다지 줄지 않았지만 비만 범위에 들어갔던 체지방이 보통 범위로 돌아왔다. 몸도 가벼워서 조금은 움직이고 싶은 기분도 들었다.

남은 일은 이 상태를 유지하는 일뿐인데, 이로써 내가 갱년기 장애라고 생각했던 구역질의 원인은 과식이었다는 것이 무척 한심하게 판명되었다.

어느 날 밤, 뉴스를 보려고 텔레비전을 켰더니 퀴즈 프로그램을 하고 있었다. 화면에는 헬멧을 쓴 사람이 얼음 위에서 유선형의 탈 것에 타고 있는 사진이 비치고 있었다.

"이것은 무엇일까요?"

내레이션이 흐르고 정답은 네 글자라고 했다. 나는 이것과 비슷한 종목인 '루지'는 떠올랐지만, 답을 알고 있는 게 분명한데 이 경기의 이름은 생각나지 않았다. 물론 생각나지 않아도 내 일에는 영향을 주지 않는다. 하지만 해를 거듭할수록 자신이 인간

196

이라는 자존심에 상처가 생기는 행동이 과하게 많아지다 보니 이런 것쯤은 한 번에 딱 정답을 말하고 싶었다. 그런데 아무리 애써도 전혀 떠오르지 않았다. 왕년에 건망증 같은 건 없었던 야무진 무레A와 현재의 나인 무레B가 서로 대결에 돌입했다.

무레A: 자, 이것은 무엇일까요?

무레B: 음……, 그러니까, 네 글자죠. 아는 건데.

무레A: 그러면 정답을 말씀해주세요.

무레B: 네? 그, 그게 잠깐만요, 지금 바로 떠오르지 않아서 곤란해 하고 있잖아요. 정말로 알아요. 영화 〈쿨 러닝〉에 나온 것도 이 경기였잖아요. 저도 안다고요.

무레A: 그렇다면 정답을 말씀하실 수 있겠네요.

무레B: 그러니까, 딱 그 단어가 안 떠올라요.

무레A: 네 글자예요, 네 글자. 힌트를 드렸잖아요. 그것도 모르세요?

무레B: 그러니까 안다고 했잖아요. 음……, 뭐였더라, 뭐였더라.

무레B는 필사적으로 생각했다. 네 글자, 네 글자라며 네 글자로 된 단어를 필사적으로 생각하다 보니 느닷없이 머릿속에 딱 떠오른 것은 '나팔바지'였다.

무레A: 나팔바지? 틀렸습니다.

무레B: 트, 틀렸다는 건 알아요. 네 글자를 생각했더니 이 단어가 떠올랐을 뿐이에요. 전혀 아니라는 것은 안다고요.

무척 초조해진 나는 무레A와 무레B가 뒤섞여 필사적으로 자문자답했다.

"나팔바지는 아니야. 그건 입는 거고. 그래, 바짓단이 넓은 거. 그건 아니잖아. 경기라고, 경기. 동계 올림픽도 항상 보잖아. 거기서 했잖아, 루지는 알면서 어째서 이건 안 떠오르니?"

조금 냉정해지려고 심호흡했다.

"잘 봐, 나는 알고 있어. 모르는 것을 생각해내려고 하는 게 아니야. 아는 것을 떠올리려고 하는 거라고. 머릿속 어딘가에는 이 단어가 분명히 있어. 그 단어를 끌어내기만 하면 돼. 그래, 그래, 침착하면 분명히 떠오를 거야."

심호흡을 두 번 하고 "자, 이것은 무엇일까요?"라고 다시 한 번 자신에게 물어봤다.

"네 글자, 네 글자."

하지만 다시 머릿속에 떠오른 단어는 '나팔바지'였다.

"아냐, 그게 아니라고."

하지만 몇 번이고 마음을 안정시켜 정답을 꺼내려 해도 나오는 단어는 '나팔바지'였다.

"으윽."

머리를 감싸 안은 내 곁에서 화면에는 정답이 표시되었다. 당연히 답은 '봅슬레이'였다.

"우와아, 맞아 맞아. 봅슬레이었어."

발을 동동 굴리며 분해하는 나에게 무레A는 "후훗."하고 콧방귀를 끼고 웃으며 "이렇게나 심각할 줄 몰랐네. 반성하세요." 라는 말을 툭 내뱉었다.

'봅슬레이'를 떠올리려 하던 내 머리는 어째서 '나팔바지'를 떠올렸을까? 몇십 년도 더 오래전에 들은 우스갯소리인데 크리스마스 선물로 뭐가 받고 싶으신지 할머니께 물어봤더니 '산탈롱'이라고 대답했다고 한다. 산타 할아버지께 판탈롱 바지를 받고 싶다고 생각한 것이 뒤죽박죽이 되어 '산탈롱'이 되었다는 할머니 이야기는 무척 귀엽지만 내게는 입가가 저절로 올라가는 그런 사랑스러움은 없다. 지방 사는 친구가 본다면 "뭐라카노?"라고 핀잔을 줄 것 같은 추태다. 최소한 '복싱' 같이 '보'로 시작하는 스포츠를 떠올리고 싶었다. 그런데 그런 것은 전혀 머릿속에 떠오르지 않고 나팔바지라니, 한 글자도 일치하지 않는다. 덤으로 또 루지는 알고 있는 것이다. 얼마나 지력이 엉망진창이고 느슨하게 이완되어 있는지 새삼 확인한 사건이었다.

나는 이렇게 체형도 느슨하고 지력도 헐렁헐렁한 상태이고, 갱년기 장애에 시달리는 친구의 증상은 개선될 기미가 보이지 않는다. 나흘 전쯤 밤중에 깊이 잠든 나를 우리 집 고양이가 깨웠다.

"밖에 놀러 나가고 싶어?"라고 물어보는데 아무래도 태도가 이상했다. 묘한 울음소리를 내며 불안에 떨고 있었다.

"왜 그래? 속이 안 좋아?"

몸을 문질러 봐도 고양이 몸에는 특별한 문제가 없었다. 그저 안절부절못하고 있었다.

"큰일이네. 왜 그럴까."

고개를 갸웃거리고 있으려니 옆집 문이 열리는 소리가 들렸다. 시계를 보니 3시 반이 넘은 시각으로 아무리 생각해도 볼일이 있어서 나갈 것 같은 시간대는 아니었다.

"파란 가방이……."

남성의 목소리가 들리고 엘리베이터가 내려가는 소리가 들렸다. 그리고 아무 소리도 나지 않았다. 고양이는 현관 앞에 서 있던 내 발 밑에 웅크리고 상황을 살폈다. 옆집에는 공황장애를 일으킨 친구가 또 다른 친구의 집에서 함께 생활하고 있기 때문에 혹시 무슨 일이 있었나 하는 생각이 들었다. 그랬으면 심야라도 내게 연락이 왔을 텐데, 신경은 쓰였지만 그대로 잠이 들었

그렇게 중년이 된다

다. 그리고 다음날 오후, "한밤중에 무슨 일 있었어?"라고 물었더니 낮잠을 자던 친구가 일어나 "있었어."란다. 밤중에 갱년기 장애에 시달리고 있는 친구가 "현기증이 나고 구역질이 나."라고 해서 구급차를 불렀다. 내가 들은 소리는 구급대원의 목소리였다. 병원에 수송되어 CT를 찍고, 이비인후과 진찰을 받고, 혈액 검사를 했지만 긴급한 상황은 아니라고 판단되어 링거를 맞고 조금 안정을 취한 후 돌아왔다고 한다. 이비인후과 진찰에 따르면 그녀는 평행감각을 유지하는 이석에 원래부터 결함이 있어서 현기증이 생기기 쉽다고 한다. 그날 낮에 그녀는 카이로프랙틱을 받았는데 치료사가 "몸 전체가 심하게 긴장되어 있어서 제가 만지기도 겁날 만큼 심각한 상태니까 제대로 쉬세요."라고 경고했다고 했다. 특히 그날은 몸을 풀어주기 위해 만지면 만질수록 점점 상태가 악화되어 치료사도 놀랐다고 한다. 그리고 그날 밤 구급차를 부르는 사태로 이어지고 만 것이다. 비전문가의 생각이지만, 나와 친구는 쉬지 않는 그녀의 몸 안에 쌓여 있던 피로가 그날 카이로프랙틱을 받고 한꺼번에 쏟아져 나온 것이 아닐까 하는 이야기를 나눴다. 일은 줄이지 않고, 회식 자리에 고지식하게 참석하고, "피곤해, 피곤해."라고 말하면서도 심야까지 술을 마신다. 특히나 이번 여름은 무더위가 기승을 부렸다. 평범한 컨디션인 사람조차도 힘들어했는데 몸 상태가 성하지 않은 사람이 괜찮을 리가 없다. 거기에 수면은 부족하고 해결해야 할 문제가 산더미로 쌓여 있다.

"이렇게 될 만해."

괴로운 일을 경험한 것은 안됐지만 현기증이 나면 서 있지 못하고 누워 있을 수밖에 없으니 반강제적으로라도 쉴 수 있어서 다행이라는 결론에 다다랐다.

다음날 상태를 보러 갔더니 친구는 침대에서 일어나 있었는데 잠을 잔 덕분인지 평소보다 안색이 좋았다.

"이번 일로 완전히 질렸어. 당분간 술은 마시지 않을 거야."

앞으로는 몸조심하겠다고 했다.

"참, 근데 말이야, 속이 안 좋은 상황에서 좀 욱하는 일이 있었어."

병원 침대에 누워 어질어질 현기증을 느끼고 있을 때 옆에 있던 간호사가 "따님이 함께 있어서 다행이에요."라고 했단다. 퍼뜩 머릿속으로 '응? 따님이라니 누구?'라고 생각하면서 문득 옆을 보니 따라온 친구가 씩 웃고 서 있었다.

'왜 얘가 딸이야? 한 살밖에 차이가 안 나는데.'

작은 목소리로 "아니, 저기, 딸 아니에요. 친구예요."라고 반론하자, "어머, 그러세요."라고 간호사는 전혀 신경 쓰지도 않고 손 빠르게 자신의 일만 했다고 한다.

"현기증이 나도 이 일만큼은 확실히 기억해. 그 다음 일은 별로 기억 안 나지만."

간호사가 딸로 착각한 친구는 "헤헤헤." 웃었다.

그 후 그녀는 다시 일어나 무사히 해외출장을 떠났다. 이번에는 생명에 별 이상이 없어 안심했지만 계속해서 무리를 하다가는 어떻게 될지 모른다. 우리는 "너 그러다가 인생 마감한다."라고 협박 섞어 경고했다. 나에게는 긴장이 필요하고 그녀에게는 이완이 필요하다. 인간의 몸은 어째서 이렇게 한쪽으로 치우쳐서 중용을 잡지 못하는 걸까, 다시 한 번 고개가 갸웃거려진다.

눈이 약하면 글 쓰는 일을 하는 데는 곤란한 점
이 많다. 나는 원래부터 가벼운 난시가 있어 쉽게 안정피로에 시
달리기 때문에 무리해서 일할 수 없다. 밤에는 일을 하지 않고
좋아하는 것만 하고 싶지만 그 좋아하는 것이 독서일 때도 있고
수예일 때도 있어서 눈에는 좋지 않은 일뿐이다. 몇 년인가 전부
터는 안정피로가 점점 더 심해져서 책을 읽고 싶은 마음도 생기
지 않았다. 일을 위한 자료로 필요한 책은 최우선으로 읽지만 그
이외에 순수한 즐거움으로 읽고 싶은 책은 펼쳤다가도 도중에

덮어버린다. 젊었을 때 서점에서 주목할 만한 책을 숄더백 가득 사서 잠자는 것도 잊고 탐욕스럽게 읽었던 일이 거짓말처럼 느껴진다. 책을 읽는 데도 체력이 필요하다는 사실을 이 나이가 되어 처음 알았다. 지금은 조금 무거운 책을 들면 팔이 저리고 열중해서 읽을 집중력도 없다. '팔이 아파', '눈이 피곤해'라며 몸은 담담히 호졸근해진다.

특히 만화는 문자만 있는 책에 비해 눈이 더 많이 피로하다. 이전에는 사두고도 읽지 않은 책이 쌓여가는 이유는 읽고 싶은 마음과 현실적으로 독서에 배분할 시간의 차였지만, 이제는 시간의 유무가 아닌 눈이 피로해진다는 이유가 제일 커졌다. 나는 자신의 능력을 포기하기로 했다.

'사도 읽을 수 없어.'라는 현실을 받아들이기로 했다. 그 이후 자연히 구입하는 책의 수가 줄어들어 책을 좋아한다고 말하기에는 한심스러운 상태가 되었다.

이번에 안정피로가 심해진 것은 그저 안정피로에서 노안으로 이행하는 시기였던 모양이다.

"대체 이건 무슨 상태지? 피곤한 정도는 비슷하지만 이전과 뭔가 달라."라고 눈이 갈팡질팡했는지도 모르겠다. 그러다가 최근에는 확실하게 '노안'이라고 내 몸도 인식하여 다소 안정된 것 같은 느낌이다. 가까운 것을 볼 때 안경을 쓴다. 시판되고 있는 가장 가벼운 도수의 돋보기를 사용했는데 최근 그것으로는 눈이 따라가지 못하게 되었다. 돋보기를 쓰고 있는데도 읽기 힘든 문자가 있어 확대경을 사용하기도 한다. 그냥 지금처럼 읽으면 된다며 참고 지냈는데 역시 상태가 나쁘다.

"음, 참지 말고 제대로 검사받아서 돋보기를 만드는 게 어때?"

연령을 생각하면 당연한 일이지만 자신은 아직 괜찮다고 증상을 가볍게 보고 있었다.

검사를 받아보니 역시 노안은 더 진행된 상태였다. 노안이 시작되려는 시점이 아니라 어엿한 노안이 되었다. 이렇게 빠르게 노안이 진행될 줄은 상상도 못했는데. 문득 일을 시작했을 무렵 중년 편집자들에게 들은 말이 생각났다.

"돋보기를 맞출 때는 좋은 걸로 할 필요 없어요. 노안 진행이 빨라서 금방 바꿔야 하거든요."

그때는 이제 막 서른 살이 되었을 때였기 때문에 "네에."라고 건성으로 대답했는데 지금에 와서야 과연 그렇구나, 고개가 끄덕여졌다. 안경을 맞출 때 몇 종류의 렌즈를 보여주는데 실내에서 사용하는 실용성을 높인 돋보기와 외출할 때 쓰는 것이 달랐다. 소모품이라 렌즈를 너무 좋은 것을 사용하면 낭비라고 했다.

그렇다고는 해도 나는 안경테도 아무것이나 쓰고 싶지는 않왔다. 돋보기라고 하면 스스로도 '늙었다'는 느낌이 들기 때문에 가능한 즐거운 기분을 느낄 만한 디자인으로 빨강색에 렌즈 윗 부분은 테가 없는 것을 골랐다. 일주일 후 기성품이 아닌 내 눈에 맞춘 돋보기가 완성되었다. 써보니 너무나도 잘 보여서 깜짝 놀랐다. 시판용 돋보기를 처음 썼을 때 잘 보여서 놀랐던 것이 1년 정도밖에 지나지 않았는데 맞춘 안경이 이렇게나 잘 보인다. 낮 동안에만 컴퓨터로 원고를 쓰고 독서도 별로 하지 않았는데 얼마나 노안의 진행이 빠른지 사무치게 느꼈다.

맞춘 돋보기를 사용하자 도수가 지나치게 딱 맞아서 오히려 피곤했다. 시판과는 달리 애매하게 적당히 보이는 느낌이 없어서 책의 거리를 맞추기가 어려웠다. 하지만 익숙해지니 책을 읽기가 힘들지 않고 거침없이 책장이 넘어갔다. 뜨개질도 무척 순조로웠다. 이럴 줄 알았으면 좀 더 빨리 검사를 했으면 좋았을걸 싶었지만, 이것으로 끝이 아니고 앞으로도 노안은 더 진행될 가능성이 있다. 나는 안경을 쓰는 것에 거부감이 없지만 절대로 쓰고 싶지 않다는 사람 중에서는 "노안용 콘택트렌즈를 사용할 거야."라고 말하는 사람도 있다. 시력 검사를 했을 때 안경점 직원에게 물어보니 누진다초점 콘택트렌즈가 있다고 했다. 그런데 콘택트렌즈는 안구 위에서 작용하므로 사용하기가 무척 까다롭다고 했다. 누진다초점렌즈 안경도 계단이 불안정하게 보여 조심하지 않으면 위험하다는 이야기를 들은 적이 있다. 안경은 초점이 맞지 않을 때 바로 벗으면 되지만 콘택트렌즈는 그럴 수 없다. 제대로 맞는 위치에 넣으면 괜찮지만 원근이 반대가 되면 어떻게 될까? 그럴 때마다 눈알을 빙글빙글 굴려 렌즈를 이동시켜야 한다. 하지만 도저히 돋보기가 싫은 사람은 콘택트렌즈를 사용할 수밖에 없을 테니 사람마다 제각각 고민은 끊이지 않는다.

지금까지 내 몸 상태가 나빴던 이유는 과식이라는 사실이 판명되고, 눈의 상태가 안 좋았던 것은 도수가 맞는 돋보기를 맞추면서 거의 해소되었다. 갱년기로 인한 큰 문제는 없지만, 그래도 매일 컨디션은 일정하지 않다. 올 여름 지나친 무더위 때문에 나는 드물게 실내에서 맨발에 티셔츠에 7부 바지라는 발목과 목덜미를 노출한 모습으로 지냈다. 그러지 않으면 더워서 견딜 수가 없었다.

"몸이 차가워지지 않도록 해왔더니 따뜻해진 걸까?"라고 기뻐했더니 그렇지 않았다. 너무 더워서 무심코 노출을 많이 하면 다음날 아침에 일어났을 때 컨디션이 별로였다. 일어나지 못하거나 속이 안 좋다거나 하는 정도는 아니지만 '뭔가 수상한 느낌'이다. 그럴 때 양말을 신고 목에 스카프를 두르면 바로 컨디

선이 좋아졌다.

"역시 그렇군."

중장년에는 세심한 조절이 필요하다. 냉방을 하는 장소에 있을 때 그 순간은 불쾌하게 느껴지더라도 나중을 생각하여 몸이 차가워지지 않도록 예방한다. 그렇지 않으면 호되게 당하기 때문이다. 어느 정도 더위를 참고 양말을 신고 목덜미가 차가워지지 않도록 하면 안 좋은 느낌은 어디론가 사라졌다. 여름철 모습으로는 묘하지만 그러는 편이 몸이 편하기 때문에 어쩔 수 없다. 이 이야기를 친구에게 했더니, "정말 그래. 나는 더해."라고 말했다. 예전에는 여름철에는 항상 상반신은 탱크톱에, 하반신은 반바지였다. 그랬는데 언제부턴가 무릎이 심하게 아파서 길이가 복사뼈까지 오는 면바지를 입었다. 그래도 몸이 차가워서 긴 양말을 신고 짧은 반바지를 덧입은 위에 털실로 만든 반바지를 입었다.

"그랬더니 몸 상태가 좋아졌어."

상반신은 얇은 옷을 입었지만 하반신은 두툼하다.

"이게 갱년기야."

우리는 서로의 모습을 보며 고개를 끄덕였다. 몸 기능의 균형이 좋지 않음이 한눈에 보였다. 또 그렇게 하지 않으면 편안한 상태가 유지되지 않는다.

여름철 외출할 때는 냉방에 대비해 위에 걸칠 겉옷이 필수품이고 맨발에 뮬을 신는 것은 당치도 않은 일이다. 그래도 일단 스타일의 문제도 있기 때문에 스커트를 입을 때는 스니커를 신지는 않지만 구두는 늘 로퍼였다. 보기에는 뮬이나 샌들이 시원해 보인다는 것은 충분히 알고 있지만 그렇게 노출이 많은 구두를 신으면 다음날 어떤 불쾌한 컨디션이 기다리고 있을지 그것을 상상하는 것만으로도 두렵다.

얼마 전 텔레비전에서 최근에는 중년도 젊은이들처럼 꾸민 여성이 많기 때문에 겉모습으로는 여성의 연령을 모른다, 하지만 들고 있는 가방을 보면 어느 정도 연령을 알 수 있다는 내용이 나왔다.

"중년 여성이 들고 있는 핸드백은 다들 빵빵하다."는 것이 그 이유인데, 나는 그것을 보고 크게 웃음을 터트리고 말았다. 바로 그대로였다.

외출하기 전 가방에 가지고 갈 물건을 넣다 보면 스스로 느껴질 만큼 가방이 점점 무겁고 빵빵해졌다. 이렇게 된 것도 최근 이삼 년 사이의 일이다.

"물건이 꽤 많네."라고 생각하면서 내용물을 다시 점검해보면 전부 필요한 물건이라 집에 두고 나갈 수 없는 것들뿐이다.

그렇게 중년이 된다

그것은 중년 여성이 되었다는 증거였다. 그러고 보니 젊었을 때는 거의 빈손에 가까운 상태로 외출했다. 가방이 빵빵하게 부풀어 있었던 기억은 없다. 하지만 지금 외출할 때는 가방이 빵빵하다. 작은 가방은 물론이고 큰 가방이라면 여유가 있을까 싶지만 그렇지도 않다. 외출할 때는 큰 가방은 큰 가방대로 빵빵하다. 가방 안에 최대한 물건을 쑤셔 넣다 보니 물건을 꺼내도 모양이 유지되어 아무것도 안 들었을 때도 부풀어 있는 가방도 있다.

중년 여성의 컨디션은 참지 않고 세심하게 조절해야 유지된다. 참는 것은 금물이다. 외출해서 읽거나 쓸 일이 생겼을 때 필요한 돋보기, 추워졌을 때 입을 겉옷, 양말, 무릎을 살짝 덮는 길이의 바지, 콧물이나 재채기가 멈추지 않을 때를 대비한 포켓티슈. 예전에는 면 손수건을 가지고 다녔는데 지금은 흡수성이 높은 타월 천으로 된 것을 사용한다. 작은 서랍 속 물건을 전부 가지고 나온 것이 아닌가 싶을 정도로 대비한다. 이 정도가 딱 좋다. 심할 때는 이것만으로는 부족하게 느껴지면서 "아, 안약도 가지고 왔어야 했는데."라고 후회하기도 한다. 근력은 약해졌는데 가방은 점점 부풀어 오른다. 어쩌면 중년 여성은 빵빵한 가방으로 모르는 사이에 근육이 단련되고 있는지도 모르겠다는 생각이 들기 시작했다.

내가 사는 장소는 신흥주택지가 아니라 옛날부터 살고 있는 사람도 많은 지역이다. 땅 주인이 바뀌면서 맨션과 신축 주택이 세워졌지만, 골목에 들어서면 노인이 살고 있는 오래된 집이 줄지어 있다. 그 앞을 지나면 마치 미노몬타(みのもんた: 일본 프리랜서 아나운서 겸 사업가 - 옮긴이)와 쿠로야나기 테츠코(黒柳徹子: 일본 배우 겸 작가 - 옮긴이)가 바로 곁에 있는 착각이 들 정도로 텔레비전 소리가 크게 들린다.

"아, 나이가 들면 귀가 잘 안 들리게 되지."라는 사실을 절실히 느꼈다. 누군가가 "저기요, 소리가 너무 커요."라고 말해주면 알아차리겠지만 본인은 잘 모른다. 갑자기 잘 안 들리게 되면 스스로도 주의하겠지만, 갑자기 찾아오는 것은 체력 저하와 외모의 노화 쪽이고 귀가 잘 안 들리게 되는 것을 포함한 다른 문제는 대부분 서서히 밀고 들어온다.

그 서서히 찾아오는 변화에 저항할지 흐름에 몸을 맡길지는 그 사람 하기 나름이다. 나는 흐름에 몸을 맡기자는 주의다. 평범하게 중장년에 나타나는 증상을 개선하는 범위 내의 일은 한다. 예를 들어 치아에 문제가 있으면 치과에 가서 치료를 받는다. 하지만 치아 화이트닝까지는 하지 않는다. 배가 나오면 식사와 운동을 신경 쓰는 정도지, 지방흡입술 같은 것을 받지는 않는다. 다양하게 발전하고 있는 안티에이징 기술 덕분에 중장년이 옛날에 비해 훨씬 젊은 상태를 유지할 수 있을지는 모르지만 적극적으로 그런 것들을 해야겠다는 생각은 들지 않는다.

다만 보기에 흉한 것보다 흉하지 않은 쪽이 당연히 좋으므로 나이를 먹으면 먹을수록 몸가짐에는 신경을 쓰려고 한다. 최근 나는 피부가 깨끗해졌다고 생각했다. 세안 방법을 이전과 다른 방법으로 바꾼 후였다.

"어머, 꽤 다르네. 모공이 전혀 눈에 띄지 않게 되었어."라고 기뻐하고 있었는데, 불과 얼마 전, 외출하기 전에 문득 자세히 보고 싶은 기분이 들어서 돋보기를 쓰고 거울을 봤다.

"……."

전혀, 피부는 깨끗해지지 않았다. 깨끗하게 보인 이유는 노안 덕분에 열린 모공이 보이지 않았을 뿐이었다. 모공 문제가 발생했을 때에 어차피 노안으로 보이지 않게 될 테니까 상관없다고 대담하게 생각했지만, 현실을 정면으로 마주하게 되면 역시나 놀랄 수밖에 없다. 피부가 깨끗해졌다고 착각하고 있었던 만큼 그 충격은 컸다. 혼자 기쁨에 젖어 세상 사람들에게 모공이 활짝 열린 피부를 드러내고 있었다는 사실을 몰랐다.

"바보 같긴."

스스로도 어이가 없어 "후후후." 웃음이 새어 나왔다. 이젠 웃을 수밖에 없었다.

전문가가 화장을 해주면 기초화장부터 정성껏 꼼꼼하게 하기 때문에 아무리 짧아도 1시간은 걸린다. 중장년 여성 중에는 완벽한 얼굴을 보여주고 싶어 잡지에 나오는 화장 기술을 참고하여 얼굴을 가꾸는 데 힘을 쏟는 사람이 있을지도 모른다. 그것 역시도 그 사람의 사고방식이다. 하지만 나는 만사 귀찮아하는 성격이라 최소한의 작업만 한다. 그 결과 최소한의 효과밖에 없을지도 모르지만, "뭐, 어쩔 수 없지."라고 단념한다.

"두 시간이면 피부가 매끈매끈해지는데."라는 소리를 들어도 하지 않는다. 내 목적은 매끈매끈한 피부가 아니라 내가 생각하는 대로 하루를 보내는 일이다. 하루는 스물네 시간밖에 없으므로 얼굴에 두 시간을 들이면 다른 일을 할 시간을 줄여야만 한다. 그렇기 때문에 "이 정도로 충분해."라는 정도의 시간밖에 할 애하지 않는다.

　한때 서른 살 여성에게 "중장년에 유행을 따르는 사람도 있잖아. 젊은이들 사이에 인기 있는 디자이너 신제품을 입는다거나. 그런 사람들을 보면 어떤 생각이 들어?"라고 물어본 적이 있다. 나는 한동안 마음에 드는 디자이너의 옷을 몇 년 동안 계속 입었던 적이 있다. 그런데 입다 보니 디자인을 우선시해서인지 무척 입기 힘든 옷이 많아졌다. 겨울철은 정전기가 심해서 정전기방지용 스프레이를 매번 뿌려야만 했다. 세탁소에 맡기려고 태그를 보면 손빨래도 드라이클리닝도 하지 말라고 적혀 있다.
　"도대체 어떻게 하라고?"
　세탁하지 못하는 옷을 옷이라고 부를 수 있을까? 멋을 부리기 위해서는 참아야 한다지만 젊었을 때라면 몰라도 갱년기 한가운데 있는 내게 그런 근성은 없다. 중장년이라도 그런 옷을 아무렇지도 않게 힘내서 입는 사람도 많겠지만 나는 그렇게까지

해서 디자인을 우선시한 옷을 입고 싶다는 마음은 옅어졌다.

하지만 잡지를 보면 나보다도 조금 나이가 많은 환갑 전후의 여성들이 내가 느끼는 불편한 기분 같은 건 전혀 상관없이 옷을 입는다. 내가 포기한 부분에 여전히 힘을 기울인다. 그런 사람들을 보고 있으면 젊은 사람보다 그 연령대에서만 느낄 수 있는 그 사람만의 느낌이 배어나와 "언제까지라도 자신을 꾸미는 마음가짐을 잃어버려서는 안 되겠구나."라고 생각했다. 하지만 서른 살 여성은 잠시 생각한 후에 "음, 애처로워요."라고 말했다. 그녀는 패션 관련 일을 하고 있어서 패션잡지에 자주 나오는 세련됐다는 중장년 여성들의 모습을 자주 보기 때문에 나보다도 사정을 잘 안다.

"어딘가 무리하고 있는 느낌이 들어요. 그렇게 열심히 하지 않아도 괜찮다고 말하고 싶어져요. 사진으로는 그런 느낌이 들지 않지만 직접 그 사람들을 보면 안타까운 부분이 있어요."

나는 생각도 못한 일이라 그녀의 말에 상당히 놀랐다. 어떤 모습이라도 그것을 보는 사람에 따라 감상은 다르겠지만, 많은 사람들이 보는 것과 달리 멋있지 않아 보이는 면도 있다는 사실을 알게 되었고, 그럴 수도 있겠구나 싶었다. 그녀의 감상은 나이도 있으니 나이에 맞지 않는 옷은 입지 말라는 의미와는 다르다. 불편한 것을 똑같이 참고 입어도 젊은 사람은 체력이 있어서 힘든 기색이 겉으로 드러나지 않는다. 하지만 중장년이 되면 아무래도 몸이 솔직히 반응하고 내면이 노골적으로 표정에 드러난다. 젊은 그녀의 눈에 무리하는 모습이 보이는 것은 역시 당사자가 정신적으로든 육체적으로든 어딘가 문제를 끌어안고 있다는 증거다. 몸과 마음이 평온한 상태라면 애처롭게 보이지는 않을 텐데. 젊은 사람은 얼굴만 봐서는 성격이 좋은 사람과 나쁜 사람을 구분할 수 없지만, 중장년이 되면 단번에 구별할 수 있을 정도가 된다. 애써 세련된 옷을 차려 입었건만 멋있지 않고 '애처로워'라는 표현을 들어야 하다니, 세련됐다는 이야기를 듣는 그녀들이 알게 된다면 어떨지. 현실은 상당히 냉정하다.

얼마 전에 텔레비전을 켰더니 멋을 부리는 문제에 대해 적극적으로 발언하는 여성이 나왔다. 그 여성의 나이가 몇 살인지는 모르지만 나와 두세 살 정도 차이가 나지 않을까 싶었다. 그녀는 기성복은 무조건 마른 체형이 아니면 어울리지 않는다고 단언했는데, 그녀의 사진을 보니 항상 개성적인 패션을 하고 있었다. 중장년 여성의 패션에 대해서도 신랄했다. 상당히 미의식이 강하고 패션에 대한 자신만의 신념도 있었다. 체중 증가에 대해서는 거의 프로인 나는 잡지 인터뷰를 읽고 "하지만 체질이라는 게 있으니 어쩔 수 없잖아."라고 중얼거렸다. 내가 느끼기에는 과도한 비만인 경우를 제외하고 기성복은 어느 정도 몸집이나 살집이 없으면 어울리지 않는다고 생각했기 때문에 그녀와는 사고방식 자체가 달랐다. 사람은 모두 제각각이니 생각이 다른 것은 상관없지만, 나는 세련 운운을 떠나 누군가의 어머니이기도 한 그녀의 말하는 방식이 그다지 품위가 없다는 점에 놀랐다.

"아무리 세련되었다는 둥 어떻다는 둥 이야기를 들어도……."

저래서는 머릿속에 패션밖에 없는 어린애들과 똑같지 않은가. 나도 평소에는 품위 있는 말투는 아니지만 친구 관계가 아닌 사람들 앞에서는 자리에 맞는 말투를 사용한다. 그것이 어른의 예의라는 것이다. 요즘 젊은 사람들이 경어를 제대로 사용하지 못한다는 문제가 떠오르고 있는데, 그녀도 그런 말투를 흉내내면서 자신이 젊은 축에 든다는 기분을 느끼는 걸까. 그녀의 미의식은 외견에만 그치고 내면에서는 전혀 느껴지지 않았다. 이 프로그램은 평소에는 절대 보지 않는 분야였기 때문에 내가 다이어트와 멋에 대해 고민을 하자 "자, 이것을 보거라."라며 노화를 담당하는 신이 내게 내려준 신의 한 수가 아닐까 하는 생각도 들었다.

세상의 중장년 여성들은 모두 여러 가지 의미로 '스승'이다.

그들을 보고 배운 결과 나는 '품위'가 가장 필요하다고 생각하게 되었다. 자산이 많거나 학력이 높아도 품위가 없는 사람이 수없이 많고, 학력이 낮거나 가난한 집에서 태어났다고 해도 품위가 있는 사람도 수없이 많다. 품위가 있다면 통통한 몸매도, 넓은 모공도 별 상관없지 않을까.

"그렇지. 필요 이상으로 겉모습에만 집착하면 중장년이 되었을 때 오히려 애처로울지도 몰라."

통통한 몸매와 넓은 모공과의 연을 끊을 수 없는 나는 갑자기 기운이 났다. 텔레비전의 음량도 숫자를 확인해보니 주변에 폐를 끼치지 않을 정도고, 모공이 열려 있어도 피부가 호흡만 잘하면 된다고 생각을 바꾸고, 멋도 무리가 되지 않는 범위에서 즐긴다. '품위'의 문제는 제일 어렵지만 말투와 몸가짐에 신경을 쓰기로 했다. 어쩌면 다른 중장년 여성은 모든 면에서 나보다 더 많이 신경 쓰고 있는지도 모르지만, 나는 이것만으로 버겁다. 글 쓰는 일, 전통 악기 연습, 가사, 몸단장 등 매일 내가 해야 할 일이 있다. 인생의 절반 이상을 지나왔으니 모든 것에 이제는 많은 것을 바라지는 않는다. 바람이라면 아직도 남아 있는 본가의 대출을 가능한 한 빨리 갚고 싶은 것뿐이다. 대출을 다 갚지 않으면 내 노후는 시작되지 않는다. 이것이 유일한 문제라면 문제다. 나머지는 스스로 하지 않으면 안 되는 것을 최소한으로 느긋하게 해 나간다. 나의 느릿한 생활은 획기적인 변화 없이 분명 앞으로도 계속 이어질 것이다.

이 연재를 시작한 후 오늘에 이르기까지 온 마음을 다해서 "오늘은 컨디션이 좋아!"라고 하늘을 향해 외칠 만한 날은 하루도 없었다. 병원에 다녀야 하는 것도 아니고 약을 늘 복용해야 하는 것도 아니고, 음식을 왕성하게 먹으면서 변함없이 체중과 체지방으로 고민하는 현실은 어떤 의미로는 행복한지도 모르겠지만, 그렇다 하더라도 상쾌하지 않은 날이 이어지고 있다.

현재 증상을 말하자면 아무리 자외선 차단지수가 낮고 화학

성분이 들어 있지 않은 자외선 차단제라고 해도 바르면 얼굴에 오돌토돌한 것이 난다. 그 대신 몸이 가렵지는 않다. 습도가 높아지면 신경통이 시큰거린다. 원고를 마감하고 나면 가벼운 두통과 안정피로가 덮쳐오고, 순발력은 완전히 사라졌다. 한마디로 "아…… 아." 하며 한숨 섞인 나날을 보내고 있다.

이런 증상을 개선하기 위해 무언가를 하고 있느냐면, 특별한 무엇을 하고 있지도 않다. 채소 부족을 보충하기 위해 녹즙을 매일 마시는 정도다. 느타리버섯 추출액은 내가 산 것과 같은 제품은 아니지만 문제가 적발된 제품도 있어 일단 복용은 그만두고 상황을 보고 있다. 복용을 그만두고도 구순포진은 생기지 않았다. 변한 것이라면 흰머리가 많아졌지만 그것과 이 일이 관계가 있는지는 불분명하다.

매일 "왜 이렇지."라며 지내고는 있지만 그런 생활 속에서도 나름 기쁜 일이 있다. 충동적으로 산 카디건을 입었더니 착각인지 모르겠지만 평소보다 슬림해 보였다거나 세로쓰기로 쓴 편지의 글자 균형이 좋다거나 우리 집 고양이가 무척 귀여운 표정과 목소리로 나를 불렀다는 것처럼 특별할 것은 없는 일이다. 이런 때에 조금 기쁜 마음이 든다. 작가 모리스 마테를링크의 소설 《파랑새》를 떠올려본다. 갱년기의 기쁨은 생활 속의 무척 사사로운 사건에 있었다.

체력이 떨어지고 몸 상태에 변화는 있지만 털썩 주저앉아만 있지는 않는다. 하지만 무리하게 힘내서 아무렇지도 않은 표정으로 지낼 생각도 없다. 가만히 머리 위의 비구름이 지나가기를 기다리는 기분이라고 해야 할까. 부정적인 면도 많지만 그래도 매일 즐거운 일은 일어난다. 뭐 어쨌든 마음 편하고 느긋하게, 주인과 마찬가지로 중년이 된 우리 집 고양이와 함께 앞으로도 문자 그대로 느릿한 생활을 해나가야겠다고 생각한다.

그렇게 중년이 된다

초판 1쇄 발행 2017년 8월 14일
초판 10쇄 발행 2025년 1월 10일

지은이 무레 요코
옮긴이 부윤아

펴낸이 이효원
편집인 음정미
디자인 별을 잡는 그물
펴낸곳 탐나는책
출판등록 2015년 10월 12일 제2021-000142
주소 경기도 고양시 덕양구 삼송로 222, 101동 305호(삼송동, 현대해리엇)
전화 070-8279-7311 **팩스** 02-6008-0834
전자우편 tcbook@naver.com

ISBN 979-11-957457-4-6 03830

이 도서의 국립중앙도서관 출판시도서목록(CIP)은 서지정보유통지원시스템 홈페이지(http://seoji.nl.go.kr)와
국가자료공동목록시스템(http://www.nl.go.kr/kolisnet)에서 이용하실 수 있습니다.
CIP제어번호: 2017017886